소박한자유, 사랑

KB192805

소박한 자유,

사랑

감사와은혜 지음

siso

목차

part 1

사랑의 시작

(part 2)

사랑은 무엇일까

사랑의 시작

내게 사랑은

✳

어스름이 찾아오는 저녁 무렵이면, 스무 살 때가 떠오른다. 미래는 회색빛으로 싸인 장밋빛으로 흐리게 보였다. 나는 사랑을 만날 수 있을까? 내가 신나서 할 일을 찾을 수 있을까? 하나도 자신이 없었다. 그로부터 40여 년이 넘은 지금, 나는 사랑을 만났다고 말할 수 있다. 그 사랑에 대해 바닷물을 먹물로 삼아 얘기해도 끝나지 않을……. 어떻게 그 사랑이 찾아왔고, 어떻게 헤어지고 다시 만날 수 있었는지 그것을 이야기하려 한다.

'분위기도 살벌하다, 어쩜 저렇게 허영 덩어리

니, 무식이 하늘을 찌르는구나…….'

사람들을 평가하고, 단죄하며 미워도 하고, 경
멸하기도 했다. 그런데 상담을 공부하기 시작하
면서 이런 나의 행동양식에 변화가 생기기 시작
했다. 어린 시절의 방임과 학대 경험은 그 사람
의 인성에 구멍을 낸다. 잘못된 가치관의 강요
는 무자비한 인간을 만들어 내기도 한다. 불행
에 관한 불행한 해석은 절망의 구렁텅이로 사람
을 몰아넣기도 한다. 거기에 더해 성경을 읽다
보니, 예수가 오신 이유를 이렇게 말하셨다.

"나는 너희를 정죄하러 오지 않았다. 낫게 하려
고 왔다."

죄악에 빠진 영혼을 병들었다고 말씀하신 것이
다. 내게 사랑은 이렇게 찾아왔다……. 음악을
필요로 하는 순간이 있다. 구원처로 뛰어가듯이
음악으로 뛰어든다. 비난하지 않고 이해해주며,
협소한 마음이었다는 것을 말없이 깨치게 해주
고, 아름다워서 상처가 치유된다. 보슬보슬 비
오는 밤, 다시 살게 해주는 음악처럼 내게 사랑
은 찾아왔다.

사랑을 만난 이에게 세상을 어떻게 보는지 물었다. 한 생명 속에 우주가 깃들어 있음을 안다고 했다. 그 생명이 시시각각 진동하고 있음을 안다고 했다. 그냥 살지 않고 생각하며 살려고 노력한다고 했다. 돈이 목적이 아니라 수단임을 안다고 했다. 돈은 나눌 때 의미가 있다고 했다. 많이 감사하며 산다고 했다. 많이 웃는다고 했다. 나는 사랑을 그렇게 깨우쳤다…….

"ㅊㅇ아, 정해진 성역할이 따로 있을까. 흔히 남성적인 특질이라 불리는 것(도전적, 담대함, 주도적, 모험을 즐김)을 여성의 특질이라고 해도 이상하지 않지. 시대의 변화와 요구, 기술의 발전에 따라, 성역할의 구분이 없어졌어. 물론 성역할의 고정관념은 있지. 우리의 딸들을 전통적인 여성의 특질이라고 정의한 영역에 한정해서 키우면 시대의 변화와 요구, 기술의 발전을 받아들이지 못한 의식의 영역에서 살게 돼. 비슷한 파장끼리 끌리거든. 따라서 여자다움을 강요하지 말고, 인간다움이 활짝 꽃피도록 도와주자. 성 차이는 어떤 역할에 있는 게 아니라, 그 아름다움의 차이에 있는 것 같아. 여자아이들도

톰 소여처럼 모험을 즐기고, 도전적이고, 위험을 무릅쓸 수 있고, 자신을 이기도록 키우자. 그 가운데서 완전히 자발적인, 성숙한 여성성이 꽃 핀다."

이렇게 나는 사랑으로 다가갔다. 존재의 본질은 자유다. 상대를 소유하려는 순간, 사랑은 날아가 버린다, 멀리. "돌아오는 주말에 친구들과 낚시 좀 다녀와도 될까?" 하고 물었을 때 "오, 다녀와" 하고 답해주면 오히려 미안해진다. 반면, "나는 뭐하고?"라고 답하면 결혼이 쇠창살이 되어 버린다. 당신의 연인은 세상에 속한 사람이다. 세상과의 연결고리를 끊으면 자유롭지 못하다고 느끼게 된다.

'그러나 함께하는 순간에도 서로 거리를 지켜주어, 하늘과 바람이 그대 둘 사이에서 춤추게 하십시오. 서로 끊임없이 사랑하십시오. 그러나 사랑의 서약에 사로잡히거나 맹신하지 마십시오. 바다가 그대들 영혼의 해안 사이에서 물결치게 하십시오. 함께 노래하고, 춤추며, 기뻐하되, 서로에게 혼자만의 시간을 갖게 하십시오.

서로 마음을 주되, 서로의 마음을 가지려 하지
마십시오.'

칼릴 지브란의『예언자』중에서

이렇게 사랑을 알게 되었다……. 무지했던 내가
어쩌다 도서관에서 살게 되었고, 세상의 진실을
알게 되었다. 남미의 열대우림이 세계로 수출되
는 미국 소들을 먹이느라 목초지로 개간되어 나
무들이 다 베어졌다는 것, 공장형 축사의 잔혹
한 실상, 화장품이 기름과 물을 섞은 거고, 매개
체로 계면활성제가 쓰인다는 것, 일본은 한국의
종전됨을 일본 국익에 반한다고 생각한다는 것,
수입 밀가루엔 방부제, 살충제, 표백제가 많이
들어간다는 것, 골프 리조트 만드느라 산들이
없어지고 있다는 것……. 나는 세상과 싸워가겠
다고 느꼈다. 그것이 세상을 향한 나의 사랑이
었다.

5살 무렵 '귀여운 새들이 노래하고 집 앞뜰 나뭇
잎 춤추고 해님이 방긋이 웃어주면 우리 집 웃
음꽃 피어요, 아빠, 엄마 좋아, 엄마, 아빠 좋아'
가 모든 결혼의 모습인 줄 알았다. 그러나 시간

이 흘러 여러 결혼의 모습을 알게 되었을 때, 행복한 결혼은 그리 흔한 모습이 아니었다. 오히려 희귀한 예에 속했다. 그리고 자존심 때문인지, 그렇게 행복하게 살지 못하는 것이 결혼의 일반적인 모습인 듯 우겨대는 사람들이 많았다. 그들은 사랑하지 않으면서도 헤어지지 않는다. 헤어지지 않으면서도 서로 이해하려 노력하지 않는다. 그러니 인생이 신나지 않다.

분석심리학의 창시자인 융은, 행복을 느끼지 못하는 상황에서, 그 상황에서 벗어나려 용기 내어 고통을 감수하려 하지 않을 때 신경증적인 병이 온다고 했다. 그러면 서로 사랑하는 부부는 갈등이 없을까? 아니다. 단지 그들은 갈등이 일어났을 때, 묵혀 두지 않는다. 이해해보려 한다. 내게도 잘못이 있음을 인정한다. 관계가 변화라는 속성 위에서 성장함을 알고, 나 자신을 세상과 연결한다. 과거에 얽매이지 않고 변화하는 현재에 집중한다.

명문대를 나왔으니 결혼 잘하는 데에 크게 일조할 거라고 여겼던 그녀는, 명문대를 나왔으나

임금 생활자로 직장생활을 마친 남편에게 불만이 많았다. 너무 잘난 자신이 평범한 남자를 만나 평범하게 사는 것이 억울했다. 그녀는 더 이상 남편과의 관계에서 만족을 찾지 않기로 하고, 취미생활과 여행을 벗 삼으며 그녀의 귀족적 성향을 추구하기로 했다.

직장생활이 지겨웠던 또 다른 여성은, 부유한 집안의 자제라는 큰 이유만으로 남편과 결혼했다. 결혼생활은 지루했다. 남편은 아버지의 부에 의지하며, 행여 아버지의 비위를 거스를까 봐 매사에 숨을 죽였다. 로맨스라고는 없는 결혼이었지만 스스로 돈을 벌고, 혼자 서기는 너무도 귀찮은 일이라 그냥 습관대로 산다.

또 다른 여성은 환상이 있었다. 남편이 모든 문제를 해결해 줄 것이라는……. 그러나 현실은 자기 문제만으로도 휘청대는 남자가 있을 뿐이었다. 그 많은 드라마와 영화 속의 가슴 설레게 만드는 이성은 다 어디 갔을까. 노래 가사에 나오는 미칠 것 같은 열정을 불러일으키는 연애는 누구나 하는 게 아니었다. 많은 사람이 그냥 외로움에서 벗어나려고, 경제적 목적으로, 안 하면 제대로 된 사회구성원으로 인정받지 못하니까 결혼한다. 그리고 사랑을 말하면 감상적인 유치함으로 치부해 버린다. 그들은 지겨움으로 죽어 가고 있다. 그들이 클리셰처럼 하는 말이 있다. 결혼하고도 서로 보기만 해도 심장이 뛰면 병이라고. 죽는다고. 그러나 심장은 뛰라고 있는 것이다.

지구상에 몇백 마리밖에 남아 있지 않은 넓적부리도요 수컷 한 마리가 황해를 떠나 막 도착한 러시아 극동의 툰드라 지대에서 반복해서 지저귀고 있다.

사랑한다는 것은

신이시여, 제가 부름을 받을 때에는 아무리 뜨거운 화염 속에서도 한 생명을 구할 수 있는 힘을 주소서. 너무 늦기 전에 어린아이를 감싸 안을 수 있게 하시고, 공포에 떠는 노인을 구하게 하소서. 언제나 집중해서 가냘픈 외침까지도 들을 수 있게 하시고, 빠르고 효율적으로 화재를 진압하게 하소서. 저의 임무를 충실히 수행케 하시고 제가 최선을 다할 수 있게 하시어 이웃의 생명과 재산을 보호하게 하소서. 그리고 당신의 뜻에 따라 제 목숨이 다하게 되거든 부디 은총의 손길로 제 아내와 아이들을 보호하게 하소서.

작자 미상

이 시는 철저한 직업 정신으로도 감동적이지만, 생의 끝 시점에 아내를 떠올리며, 그들의 안녕을 기원하는 마음이 눈시울을 적신다. 서로 사랑하며 사는 가족의 모습이 있다.

겨울 오면은 우리 둘이서 항상 왔었던 바닷가 시린 바람과 하얀 파도는 예전 그대로였지만 나의 곁에서 재잘거리던 너의 해맑은 그 모습 이젠 찾을 수 없게 되었어.

아무도 없는 겨울의 바닷가 너무나 슬퍼 보인다고 우리가 바다 곁에서 친구가 되자고 내 등에 숨어 바람을 피할 때 네 작은 기도를 들었지. 언제나 너의 곁에 우리 항상 함께 해 달라고.

거친 파도가 나에게 물었지. 왜 혼자만 온 거냐고 넌 어딜 갔냐고.

보이지 않니? 나의 뒤에 숨어서 바람을 피해 잠을 자고 있잖아. 따뜻한 햇살 내려오면 깰 거야. 조금만 기다려.

다시는 너를 볼 수 없을 거라는 얘기를 차마 할 순 없었어. 하지만 나도 몰래 흘린 눈물 들킨 거야. 그녈 절대로 찾을 수 없다고 나를 스쳐갔던 바람이 말했나 봐. 어딜 가도 그녀 모습 볼 수가 없다고 내게 말했나 봐. 어딜 갔냐고 말을 하라고 자꾸만 재촉하던 바다가 결국엔 나처럼 눈물이 되고야 말았어.

하얗게 내린 바다의 눈물로 니 모습 만들어 그 곁에서 누워 니 이름을 불러 봤어. 혹시 너 볼까 봐. 녹아버릴까 걱정이 됐나 봐. 햇살을 가린 구름 떠나지 않잖아.

너 없는 바다 눈물로만 살겠지. 거칠은 파도 나를 원망하면서 너 없이 혼자 찾아오지 말라고 널 데려오라고. 니 모습 볼 수 없다 해도 난 알아. 내 볼에 닿은 하얀 함박눈 촉촉한 너의 입맞춤과 눈물이라는 걸.

그녈 절대로 찾을 수 없다고 나를 스쳐갔던 바람이 말했나 봐. 어딜 가도 그녀 모습 볼 수가 없다고 내게 말했나 봐. 어딜 갔냐고 말을 하라고 자꾸만 재촉하던 바다가 결국엔 나처럼 눈물이 되고야 말았어.

니 모습 볼 수 없다 해도 난 알아. 내 볼에 닿은 하얀 함박눈 촉촉한 너의 입맞춤과 눈물이라는 걸.

러보, 〈회상〉 가사

가사는 겨울 무렵이 되면 다수의 음악 프로에서 틀어주는, 터보의 〈회상〉이라는 노래의 전문이다. 바닷가에서 사랑을 키운 연인의 모습이 떠오른다. 겨울의 바다가 외로워 보이니 바다의 친구가 되어 주자던, 바다 곁에서 늘 함께 있게 해 달라던 그녀. 하얗게 내린 바다의 눈물로 그녀 모습을 만들어 곁에 누워 이름을 불러 보는 나. 무슨 사연인지 다시는 볼 수 없을 거라는 얘기를 해야만 했던 나. 바다와 그녀와 내가 하나 되어 사랑하고 이별하고 그리워하는 이야기. 얼마나 바다에서 놀고 추억을 많이 만들었으면, 바다와 두 연인이 대화를 할까. 연애의 본질은 놀이다.

영국의 에드워드 8세가 월리스 심슨이라는 이혼녀로 인해 왕위를 버린 이야기는 지금까지도 인구에 회자되는 스캔들이다. 왜 왕위를 이어받기로 한 왕위 계승자가 모든 영예를 버리게 되었을까. 전해지는 일화가 있다.
에드워드 8세가 담뱃불을 달라고 하자, 심슨이 "강아지처럼 애원해 봐"라고 말했다고 한다. 여기에 연애의 키포인트가 있다. 상대방을 어떤 목적에 대한 수단으로 여기게 되면 관계가 경직되기 시작한다. 심슨은 에드워드 8세를 외롭고 심심한, 한 인간으로 대했던 것이다. 격식과 절차, 비인간적 권위에 질식할 것 같았던 한 왕위 계승자를, 비본질적 요소를 다 떼어버리고 발가벗은 인간으로 대했던 것이다.

그렇게 된 데에는 그녀의 성장 과정이 있다. '여자답게, 정숙하게'를 후크송처럼 되풀이하는 부모가 없었던 것이다(그녀는 아버지가 일찍 돌아가신 후, 친척 집에서 자랐다). 많은 여성들이 '여자답게, 정숙하게'를 강조하는 부모 때문에 부자연스럽게 성장한다. 여성성, 남성성은 누구의 강요에 의해 꽃피는 것이 아니라 내면, 외면의 자연스러운 성숙에 의해 만개할 때 가장 아름답다.

우리의 많은 양육자들이 강요하고 잔소리하는 대로 자녀가 성장한다고 생각하는 것은 큰 오류다. 오히려 그것은 역효과가 날뿐더러 자녀에게 상처가 된다. 우리의 자녀는 피와 살과 영혼을 지닌 인격체이다. 아무 말 말고 여성, 남성으로 자연스럽게 성장하도록 지켜봐 주면 된다. 질식시키지 말고. 연애의 본질은 자유인 것이다. 유머의 본질처럼.

넓은 벌 동쪽 끝으로 옛이야기 지줄대는 실개천이 휘돌아 나가고, 얼룩배기 황소가 해설피 금빛 게으른 울음을 우는 곳, 그곳이 차마 꿈엔들 잊힐 리야. 질화로에 재가 식어지면 비인 밭에 밤바람 소리 말을 달리고, 엷은 졸음에 겨운 늙으신 아버지가 짚베개를 돌아 고이시는 곳, 그곳이 차마 꿈엔들 잊힐리야. 흙에서 자란 내 마음 파란 하늘을 빛이 그리워 함부러 쏜 화살을 찾으려 풀섶 이슬에 함추름 휘적시던 곳, 그곳이 차마 꿈엔들 잊힐리야. 전설 바다에 춤추는 밤물결 같은 검은 귀밑머리 날리는 어린 누이와 아무렇지도 않고 예쁠 것도 없는 사철 발 벗은 아내가 따가운 햇살을 등에 지고 이삭 줍던 곳, 그곳이 차마 꿈엔들 잊힐리야. 하늘에는 성근 별, 알 수도 없는 모래성으로 발을 옮기고 서리 까마귀 우지짖고 지나가는 초라한 지붕, 흐릿한 불빛에 돌아앉아 도란도란거리는 곳, 그곳이 차마 꿈엔들 잊힐리야.

정지용, 〈향수〉

얼룩배기 황소, 서리 까마귀, 아버지, 어린 누이 그리고 아내가 있던 고향. 따가운 햇살을 등에 지고 이삭 줍는 사철 발 벗은 아내가 꿈엔들 잊히지 않는 시인은 이렇게 고향을 그렸다. 공동체 안에서의 사랑, 자연과 부모와 함께 어우러져 살아가는 스토리텔링이 있는 사랑. 원나잇 스탠드가 아무렇지 않게 이루어지고, 극도의 개인주의적, 스토리텔링이 빈약한 말초적 쾌락이 무엇보다 우위인 연애와는, 너무도 대조되는 정지용 시인의 사랑.

사랑의 시작의 의미

✳

사랑의 시작은 한 가지 인상에서 촉발되기도 한다. 그의 눈썹 위에 쌓인 눈송이가 너무 순수해 보여 결혼한 그녀는 부분의 합을 보지 못했음을 후회한다. 이 세상에 존재할 것 같지 않은 사랑만 꿈꾸는 미숙함 대신 사랑을 배우면 어떨까. 민주주의는 국민이 주권을 가지고 스스로 대표자를 선택하는 체제이다. 연애와 비슷한 속성을 지녔다. 사랑할 사람을 자기만의 판단기준으로 선택하는 것이 중요하다. 자기만의 판단기준이 없어서 충동적으로, 그 순간의 분위기 때문에, 관습적으로 사랑 이외의 이유로 연인을 선택한 사람들의 비극은 수도 없이 많다.

청바지가 잘 어울리는 여자. 밥을 많이 먹어도 배 안 나오는 여자. 내 얘기가 재미없어도 웃어주는 여자. 난 그런 여자가 좋더라. 머리에 무스를 바르지 않아도 윤기가 흐르는 여자. 내 고요한 눈빛을 보면서 시력을 맞추는 여자. 김치볶음밥을 잘 만드는 여자. 웃을 때 목젖이 보이는 여자. 내가 돈이 없을 때에도 마음 편하게 만날 수 있는 여자. 멋 내지 않아도 멋이 나는 여자. 껌을 씹어도 소리가 안 나는 여자. 뚱뚱해도 다리가 예뻐서 짧은 치마가 어울리는 여자. 내가 울적하고 속이 상할 때 그저 바라만 봐도 위로가 되는 여자. 나를 만난 이후로 미팅을 한 번도 한 번도 안 한 여자. 난 그런 여자가 좋더라. 난 그런 여자가 좋더라. 여보세요, 날 좀 잠깐 보세요. 희망사항이 정말 거창하군요. 그런 여자에게 너무 잘 어울리는 난 그런 남자가 좋더라.

변진섭, <희망사항> 가사

이렇게 희망사항을, 판단의 근거를 생각해 보는 시도가 중요하다. 잘못된 선택을 해도 괜찮을 때가 있고 그렇지 못할 때가 있다. 그런데 사람을 잘못 만나면 인생이 어긋난다. 그런데도 사랑에 대해 생각해 보지도 않고, 배우지도 않는 사람들이 정말 많다. 사랑은 어려서부터 학습해야 한다.

샌프란시스코의 금문교에서 뛰어내리는 사연의 대부분이 실연 때문이라고 한다. 그들이 사랑에 대해 생각해 보았더라면, 사랑에 대해 학습했더라면 얼마나 좋았을까. "love you till the end of time……." 이렇게 맹세하고 결혼을 하지만, 이 말이 무엇을 의미하는지 깊이 생각하고 맹세하는 사람들은 드물다. 자신의 파트너에 대해 모르는 것투성이다. 어린 시절 무슨 일이 있었는지, 삶의 비전은 무엇인지, 인생관은 나의 그것과 조화를 이루는지, 바라보는 곳에 공통점이 있는지, 대화를 충분히 나누지도 않고 애착 관계를 만들어 나갈 충분한 시간 없이, 서둘러 육체를 나누고 사랑을 맹세한다. 그들이 끌리는 것은 외모와 학벌, 직업이 다이다. 그 속의 인간에겐 관심이 없는 것 같다. 지구촌에서 어떤 비극이 일어나고 있는지에 관심이 없으니 혼자 동화 속 주인공이 되어 다이아몬드 성을 쌓고, 이 세상에 없는 절대 행복을 꿈꾼다.

생명은 서로 연결되어 있으며, 내가 우주의 한 부분을 맡고 있다는 사실을 깨달으면 더 이상 고립되어 살 수 없게 된다. 다른 생명에 연민과 공감을 느끼게 된다. 이런 연민과 공감이 건강하게 발달하지 못하면, 사랑이 시작되지 않는다. 시작되더라도 사랑이 성숙하지 않는다. 사랑이 지속하지 않는다. 오래 계속되는 좋은 관계는, 두 파트너가 연민과 공감 능력이 건강하게 성장했을 때 가능하다. 그릿(GRIT)의 작가는 이렇게 말했다.

"근육을 사용할수록 강해지는 것처럼 사람들이 새로운 도전과제를 완전히 익히려고 애쓰는 동안, 뇌 자체에도 변화가 일어난다. 사실 일생 어느 시기에도 뇌가 완전히 고정 상태인 때는 없다. 새로운 뉴런끼리 연결되고 기존의 뉴런 간 연결이 강화될 가능성은 평생 존재한다."

그녀가 지적했듯이, 뇌의 가소성은 요즘 신경과학계의 화두가 되고 있다. 뇌의 발달이 노력하는 한 이루어진다는 얘기는, 사랑의 시작이 노력하려는 결심에 달려 있다는 얘기와 맥을 같이 한다. 성숙한 마음이 성숙한 사랑을 이루고, 성숙한 사랑은 시간의 익어감과 함께 노력해야 이루어질 수 있다. 사랑의 본질을 생각해 보고 학습해야 할 이유다.

하버드대학교 교수인 조지 베일런트는 70여 년간의 종단연구를 통해 이런 결론을 내린다. 행복의 가장 큰 조건은 사랑이라고. 배우자와의 관계가 행복한 사람이 삶의 질이 높다고. 그런데 삶의 질을 결정하는 사랑에 대해 사람들은 얼마나 알고 있을까. 사랑은 가슴이 뛰는 것, 환각제처럼 나를 환상의 세계로 데려가는 것, 나의 모든 문제를 해결해 주는 것처럼 매슬로우의 욕구 단계설에서 가장 아래 단계의 욕구로만 알고 있는 것 같다. 그 단계가 저급하다는 것은 아니다. 그러나 생리적 욕구, 안정에의 욕구, 애정의 욕구, 자기 존중의 욕구, 자아실현의 욕구, 미학적 욕구, 자기 초월의 욕구로 이어지는 모든 욕구가 다 발현되어야 완전한 사랑임에 틀림없다. 그런 사랑은 학습해야 이룰 수 있다. 생각하고, 고민하고, 깨치는 수고로움의 과정이 생략된 사랑은 자신은 물론 남도 망칠 수 있다.

모든 억압당한 것들은
나중에 더 추악한 모습으로 되돌아온다

✳

이 글을 막힘없이 쓰다, 이 챕터에서 빙빙 제자리에 도는 나 자신을 발견했다. 모든 장을 끝내고 한 권의 완성된 책을 쓰겠다는 의지가 걸림돌이 된 것이다. 간단히 말해 글을 쓰는 행위를 즐길 수 없게 된 것이다.

설렘 없이 사랑 이외의 이유로 결혼생활을 이어가며, 이런저런 이유로 그런 삶을 정당화하는 사람들에게 그건 눈속임이라고 얘기하고 싶었던, 그리고 그런 결혼생활을 여름날의 무지개처럼 만들 수도 있다는 것을 얘기하고 싶었던 나의 시도는 그 자체만으로도 의미가 있는 것이 아닌가. 설사 내가 다 얘기하지 못해도, 바람처럼 흩어져 버려도 그 과정만으로도 의미가 있는 것이다. 이것은 사랑에도 해당된다. 인간의 조건을 고려하지 않은 채 욕망을 죄악시하거나, 삶의 과정을 거쳐 현재의 아름다움이 존중될 때, 삶이 이어져 간다는 것을 잊는 것. 무엇이 중요한지 아무 판단기준 없이 결과만을, 성과물만을 만들려고 하는 성과 제일주의. '왜'에 대한 물음이 빠져 있는 죽은 시인의 사회 같은 교육.

프로이트는 많은 여성과 상담을 하면서 그들이 성욕을 억압당한 양상을 발견했다. 그것이 그 유명한 유한계층 여성들의 '히스테리'인 것이다. 그 당시 상담을 받을 정도의 사회적 상황이 되는 여성들은 거의 성적 억압을 받고 있었다. 상담받을 여건이 안 되는 여성은 말할 것도 없다. 여성의 성욕이 인정받기 시작한 역사는 100년이 안 된다. 인도의 비경인 카마수트라에서 이야기하는 삶의 목표에는, 육체적 열락을 뜻하는 카마, 물질적 성취인 아르타, 덕스럽고 올바른 삶이라는 다르마, 최고의 깨달음이자 모든 것으로부터 해탈한 모크샤가 있다. 매슬로우의 욕구

단계설처럼 카마, 아르타, 다르마, 모크샤는 상호보완적인 관계에 있다. 육체적 열락, 물질적 성취, 덕스럽고 올바른 삶, 깨달음과 해탈이 모두 경험될 때 삶이 완성되는 것이다.

어떤 매칭 프로그램에서 의사이고 보디빌더인 남성에게 무조건적인 호감을 보내는 여성을 보았다. 그녀도 전문직 여성이었는데, 자신의 사회적 지위에 걸맞다고 생각하는 의사에게 의도적으로 다가가는 모습이 보였다. 어떤 설렘, 진지한 감정이 생겨서라기보다 갖추어야 하는 가구처럼 어울리는 남자를 향해 가는 어색함……. 자신에 대한 자존감이 있다면, 억압받지 않고 인격적으로 존중 받으며 성장했다면, 자신의 감정을 파악할 수 있다. 안타깝게도 자신의 감정을 잘 알지 못하는 사람들이 있다. 감정을 헤아려주는 누군가가 있지 않았고, 감정을 숨겨야 했던 성장기의 역사가 자기 자신의 감정을 믿지 못하도록 만든 것이다.
'모든 억압당한 것들은 나중에 더 추악한 모습으로 되돌아온다.'

로맨스인가, 포르노인가

✳

로맨스를 배우지 않으면, 인간은 포르노가 전부
라고 생각하게 된다.

집 근처에 예술의 집이라는 곳이 있었다. 처음에
는 뭐하는 곳인지 모르다가 그곳이 주택가에 숨
어든 성매매 업소인 것을 알게 되었다. 이웃집
남편이 그곳의 단골 이용자임도 알게 되었다.

성기와 성기의 결합만이 사랑이 아니다. 그것은
따뜻한 눈길이 주는 위로도 모르고 동물을 그저
음식물로 여기는, 피도 눈물도 감동도 없는 삶
을 살고 있음을 고백하는 것과 같다. 맥락 없는
결합은 포르노라고 어느 성교육 강사는 말했다.

남자들의 욕구를 알아챈 영악한 여자들이, 섹스를 이용한 신분 상승에 성공하기도 한다. 뒷골목의 지저분한 방식으로 문화를 코팅해서 성적 욕구를 만족시켜, 남자를 자신의 욕구를 충족시키는 대상으로 이용한다.

그렇더라도 너는 이번 생에서 원하던 바를 얻었는가? 그렇다. 무엇을 원했는가? 이 지상에서, 나를 사랑받는 사람이라 부르고 사랑받는 존재로 느끼는 것.

레이먼드 카버

……사랑받는 존재로 느끼는 것, 그것이 로맨스와 포르노의 차이를 만든다. 몇 해 전 별장 성접대 사건이 세간을 떠들썩하게 만들었다. 소위 고위층 인사들이 별장에서 은밀한 성행위를 하는 영상이 유출되어 세간에 알려진 사건. 그곳이야말로 지옥이었을 거라고 상상이 간다. 인간을 인간이게 하는 모든 가치를 짓밟고, 가정을 가정이게 하는 모든 약속을 깨뜨린 곳. 인간이기를 포기한 채 동물보다 못한 정욕에 날뛰는 인간들이 머물렀던 곳. 그들은 왜 그런 짓을 했

을까. 여성을 성적인 욕구 충족의 도구로만 여기는 관습적인 환경에서 성장했기 때문이 아닐까. 로맨스를 학습하는 대신 포르노를 학습했기 때문이 아닐까. 사랑받는 경험 대신, 사랑받는 존재로 느끼는 대신, 매 맞으며 높은 곳으로 올라가라고 그러면 세상의 모든 것이 네 것이 된다는 교육을 받은 것이 아닐까. 그들이 레이먼드 카버처럼 사랑받는 경험, 그 느낌을 이번 생에서 원하는 최상의 가치로 알고 있지 않았을 것은 확실하다. 그런 경험이나 느낌을 알고 있지 못했을 가능성이 높다. 그러면 그들이 원하는 것은 무엇이었을까……

메타 구조론이라는 것이 있다. 토대를 분석하기 전에 그 구조가 실존하기 위해 먼저 존재하는 선전제, 조건이 무엇인지 따져 묻는 접근이다. 포르노 사회가 존재하는 선전제는 기술 만능, 물질 만능, 공동체가 붕괴해버린 현대의 특징이 자리하고 있다. 무조건 효율, 많이 소유하는 것이 성공, 너와 그들보다 내가 훨씬 중요하다는 극단의 개인주의. 인간은 물질처럼 즉자의 존재가 되어 버렸다. 한 생명이 한 우주라는 것. 많이 소유하는 것이 성공이 아니라는 것. 상생의 가치를 회복하지 않으면 로맨스는 옛날이야기에나 나오는 잃어버린 전설이 될 기로에 섰다.

사랑이란 자기 내부의 그 어떤 세계를 다른 사람을 위해 만들어 가는 숭고한 계기입니다. 그리고 자기 자신을 보다 넓은 세계로 이끄는 용기입니다.

릴케

'역전의 여왕'이라는 2010년 작 드라마가 있다. '살아있을 땐 미처 알지 못한다. 살아있다는 건 완벽하지 않은 것임을. 때론 화려하게 피고 때론 초라하게 지고 때론 상처받고 때론 회복하는 것임을. 때론 떠나는 것이고 때론 돌아오는 것임을. 그렇게 쉴 새 없이 변하고 움직이는 것임을. 그래서 더욱 아름다운 것임을'이라는 대사가 나오는, 사람들이 많이 좋아했던 드라마다. 그 드라마엔 사랑하는 사람의 앞날을 위해, 그를 포기하는 한 여성의 눈물이 있다.
오드리 헵번이 공주로 나오는 로마의 휴일이라는 영화도 로맨스의 본질을 보여준다. 하룻밤의 공주 생활에서의 예외를 보낸 공주는 송별 기자 회견 후 기자들과 일일이 악수를 한다. 동화 같은 시간을 함께 보낸 조 브래들리 기자 차례가 되자, 두 사람은 서로를 바라보며, 어쩌면 마지막이 될 악수를 한다. 그 순간 두 배우가 보여준 장면으로 인해, 한 인간이 로맨스의 본질을 학습한 것을 그들은 알고 있을까. 특종이 될 사진들을 포기하고 공주를 보내주고 회견장을 걸어 나오는, 그레고리 펙의 모습은 영화를 본 사람들의 인생에 마음이 촉촉해지는 순간을 때때로 생각나게 해 준다.

20대 시절, 사랑했던 사람은 동아리 모임에 내가 들어서면 앉아있던 의자에서 일어났다. 그 빈 의자에 앉으라고. 비즈니스클래스의 좌석에 앉아 여행을 해도, 그때 아직 그의 온기가 남아 있던 의자에 앉았을 때의 기쁨과는 비교가 되지 않는다.
당신은 그의 어떤 점을 사랑하는가. 추한 인성으로 탐욕에 눈이 어두운 인생을 살고 있으면서도, 무지갯빛 사랑이 찾아오지 않는다고 투덜대고 있지는 않은가. 그가 당신의 무엇을 사랑해야 하는가. 성형수술로 완성한 이목구비? 석연치 않은 과정으로 이룩한 돈? 행하지 않는 머릿속에만 있는 지식? 힘든 현실을 보듬고, 그 안에서 생명체를 끌어안으며, 하루하루 땀을 흘리며 사는 당신의 모습이야말로 사랑스럽다. 유리성 안의 박제된 행복을 꿈꾸며 현실에서 만나는 모든 순간을 우습게 여기면 로맨스는 시작되지 않는다.

천변에서 까치를 자세히 볼 기회가 있었다. 그 작은 몸에 작품처럼 여러 색이 조화를 이루어 아름다웠다. 기적 같았다.

아름다움이 존중될 때
삶이 이어져 간다는 것을 잊는 것 같다

'옷소매 붉은 끝동'이라는 사극에 이런 대사가
나온다. 영조에게 제조 상궁이 묻는다.

"왜 저를 택하지 않았나요."

영조가 얘기한다.

"너는 나와 같다."

그러나 그녀는 따뜻했다. 그녀 곁에 있으면 마
음이 편했다……. 모든 것이 나락으로 떨어졌
다. 실연했고, 공모전에서 계속 떨어졌고, 건강
은 최악으로 치달았다. 그래도 그는 계속 삶을
살았다. 때론 모든 것을 그만두고 싶은 유혹이
있었지만, 이 고난을 하나씩 해결해 나가면 어

떤 결과가 기다릴 수도 있다는 것에 그는 패를 걸었다. 그리고…… 그는 고난을 헤쳐 나가는 그 과정이 그를 성장시키고 있었다는 것을 알게 되었다. 가늠할 수 없는 힘듦을 끌어안고 삶을 살아내는 그의 삶은 주위 사람들에게 영감을 주었다.

공장형 축사에서 사육되는 밍크를 옷으로 만드는 과정에서, 털이 안 빠진다는 이유로 살아있는 상태로 그들의 피부를 벗겨낸다는 얘기를 수녀님께 하고 있었는데, 수녀님이 조그맣게 중얼거렸다. 그 일을 하는 사람은 또 얼마나 힘들까. 그 일을 하는 사람의 고통은 생각하지 못했는데……. 고개를 들어 수녀님의 얼굴을 다시 바라보았다.

'그대 그리고 나'라는 1997년도 드라마에서 결혼 전에 아기를 낳은 미숙이라는 여성이, 남성을 대하는 태도는 많은 것을 생각케 한다. 어쩌면 절박한 상황일 수 있으나 그녀는 당황하지 않는다. 떼부자 되는 것이 꿈인, 그래서 미숙이라는 여성이 성에 차지 않던 상대 남성은, 아기 때문에 자신에게 매달리려고 하지 않는 그녀의 당당

함에 마음이 움직이고, 그녀에게 청혼한다. 그는 말한다. 나는 그녀 안에서 사랑했던 여성을 다시 만났다고.

아름다움은 망막에서 보이는 것보다, 사는 모습에서 느껴지는 것이 진정한 아름다움으로 여겨진다. 힘들 때 따뜻한 위로의 말 한마디 건네주는 그가 아름답다. 세상의 문제가 자신의 삶과 긴밀히 연관되어 있다는 것을 알고, 소매를 걷고 문제와 직면하는 그가 아름답다. 매일 새로워지고 거듭나려는 그의 진부하지 않음이 아름답다.

아가사 크리스티의 소설을 읽다 보면 고정관념의 차원에서 벗어나 사건을 관찰하고 재구성하는 탐정들의 활약상을 보게 된다. 탐정은 사소한 조화롭지 못함, 어색함, 억지로 꿰어 맞춘 현상을 관찰하고 사건을 재구성한다. 사소한 증거…… 거기에 한 사람의 본질이 보인다. 악마는 디테일에 있다고 했나. 아무리 아름답게 보이려 해도 사소한 조화롭지 못한 행동에서, 소유물에서 그 사람의 본 모습이 드러난다. 경제

현상으로 유명한 도시보다, 문화 현상으로 유명한 장소가 관광 상품화된다고 한다. 백범 김구 선생은 우리의 최종 목표는 부유한 나라가 아니라, 문화강국이 되는 거라 했다. 명품으로 휘감고 첨단의 수술로 바비인형 같아진 그가 내뱉는 말이 시정잡배 같을 때, 결코 아름답게 느껴지지 않는다.

심리학 용어로 쓰이는 빙산 믿음이라는 것이 있다. 의식적인 단계를 내려가 무의식에 떠도는 나의 여러 습관, 편견, 고정관념들을 일컫는다. 마인드맵을 이용하거나 스스로에게 질문을 함으로써 알 수도 있다. 어떤 배우가 스스로에게 던진 백 가지 질문을 노트에 써서 답함으로써 자신의 욕구를, 감정을, 여러 생각들을 파악할 수 있었고 연기 생활에 도움을 받았다고 한다. 내면과 삶이 일치를 이루고, 자아와 세상이 조화롭기를 원한다면 꼭 자신의 빙산 믿음을 파악해 볼 것을 권하고 싶다.

컴퓨터는 인간의 뇌의 메커니즘을 활용해서 만들었다고 한다. 내 생각이 온갖 편견, 고정관념의 잡동사니로 가득 차 있다면, 인출되는 언어와 행동이 아름다울 리 없다. 매일 새로워지고, 그치지 않고 변화해야 할 이유다. 내면의 아름다움은 외면으로 흘러넘친다. 내면은 컴퓨터로 치환하자면 본체이다. 나의 치유되지 못한 상처가 내 삶이 앞으로 나감에 브레이크가 될 수 있다. 미처 처리하지 않은 고정관념이 모처럼 찾아온 기회를 놓치거나 알아차리지 못하게 할 수도 있다. 자신을 아는 것에서, 모든 것이 진정으로 시작될 수 있다.

카뮈는 삶의 부조리함에 대해 언급하면서 그 부조리를 해결하는 방법은 자유, 반항, 열정이라고 했다. 이 말을 음미하면 주체적으로 사는 인간의 모습이 떠오른다. 주위에 불의가 행해져도 못 본 체, 관습적으로 결혼하고 스스로의 생각 없이 사회적 압력으로 생애주기를 사는, 그런 삶의 대척점에 있는 삶. 그렇게 사는 사람은 생기가 있다. 행복의 조건 중 가장 중요한 것은 내 삶을 내 의지로 사는 것이다. 내 삶이 나의 자율에 의해 흘러갈 때 웃게 된다. 거리를 걷다 보면 어찌나 어두운 얼굴로 걷는 사람들이 많은지, 쓸쓸해진다.

불경에서는 환한 얼굴도, 화안시라는 보시 중에 하나라고 했다. 미래에 대한 비전이 있고 내 삶의 주도권이 내게 있도록 사는 것이 웃음 짓게 만드는 길이다. 카뮈라는 작가는 자유, 자율, 열정이 내 삶에 주는 의미를 얘기하고 싶었던 것 같다. 탐식은 아름다움의 적이다. 내 삶이 식욕에 이끌려 있기 때문에 자유롭지 못하다. 성욕은 그런대로 사회화 과정을 겪어 삼갈 것은 삼가는 사람이 식욕은 조절하지 못하는 이유는, 식욕에 대한 사회화가 제대로 이루어지지 않았기 때문이다. 많은 것이 그렇듯이, 식욕 조절도 자기 수련이 필요하다.

2016년 노벨 생리학, 의학상을 받은 자가포식 이론에 의하면, 공복일 때 인체에 꼭 필요한 노폐물 청소 작용이 일어난다. 공복 상태가 기아 상황으로 인식되어 마구 음식물을 섭취하는 행동이 바람직하지 않다는 것이다. 공복 상황이 오히려 건강에 필요한 시간인 것이다. 간헐적 단식은 그래서 유익한 과정이다. 그 과정을 겪다 보면, 식욕에 대한 제어력이 생긴다. 그러나 나의 의지에 의한 절제여야 정당하다. 억압받고

강압에 의해 키워진 존재는 결코 아름답지 않다. 내면에 증오와 분노가 쌓여 있는 사람은 먼저 그 부분을 해결해야 한다.

그리고 진정한 아름다움의 요소인 교만하지 않음을 얘기하지 않을 수 없다. 가장 낮은 자에게 한 것이 곧 나에게 한 것이라는 성경의 말, 세속의 중생과 함께 하는 바보 성인의 모습을 찬양한 불경의 말 때문이라서뿐만 아니라, 교만한 인간처럼 추한 인간의 모습이 없다. 자신의 한계를 시험해 본 적도 없고, 사람들과 어울리는 신나는 경험을 해 본 적도 없는 불행한 인간이 교만하다. 어느 누구도 교만한 사람을 사랑하고 싶지 않을 것이다. 자아도취에 취한 이기적인 교만한 사람은 사랑받을 자격이 없다. 그런데 교만을 한 꺼풀 벗겨내면 열등감이 자리 잡고 있다. 열등감의 방어기제로 교만을 뒤집어쓰고 있음을 알 수 있다.
아름다움이 존중되지 않을 때, 사랑은 그 빛을 잃는다.

재밌고 의미 있고 인간적으로 보내는 나날은 사랑을 동반하지 않을 수 없다. 모든 결핍과 상처로부터의 치유는 나로부터 시작된다.

part 2

사랑은 무엇일까

사람들은 사랑을
무엇이라고 생각할까

난 그가 나의 문제를 해결해 주어야 한다고 생각했어요. 그러나 결혼생활을 이어가며, 그건 나만의 망상임을 알았어요. 내 문제를 거론하면 그는 벌컥 문을 열고 나갔어요. 그리고 며칠이고 안 들어왔어요. 길을 잃어버린 듯한 나는 상담을 받기 시작했어요. 상담하시는 분이 그랬어요. 현대 여성들은 뒤죽박죽의 가치관을 가지고 있다고. 자기 권리를 말할 때는 남녀평등을 말하면서도, 자기가 해야 할 의무에 있어서는 전근대적인 사고방식이라고. 남편도 자기 앞의 생이 무거울 텐데 그에게 내 짐까지 지라는 건 폭력이라고. 내가 더 이상 그를 내 인생의 백마 탄 해결자로 보지 않고 같이 있어 주기만 해도, 감사한 존재로 여기기 시작하자, 관계가 친밀해졌어요. 가까운 사이가 되었지만, 그는 나와 다른 개체임을 이젠 압니다…….

아내를 만나고 나서 세상이 무서운 곳이고 사랑을 갈구하는 늑대들이 가득한 곳이라서, 아내의 사회생활을 반대했습니다. 돈은 내가 벌 테니, 집에 있으라는 말에 아내도 찬성했습니다. 시간이 흐르자, 아내는 내가 알던 여인이 아니었습니다. 아내에게 반한 이유는 도전적이고 세상을 품에 안은 듯한 개방성 때문이었는데, 점점 안주와 안일에 만족하는 위험을 회피하고 노력하지 않는 모습이 눈에 띄었습니다. 사회생활을 하다 보니 자기 분야의 프로이고 치열하게 노력하는 모습이 매력적인 여성들을 만났습니다. 그들에게 순간적으로 넋을 잃기도 했습니다. 그리고 결정적인 사건이 있었습니다. 동료 여성과 문자를 주고받으며, 좀 따뜻한 어쩌면 오해의 여지가 있는 얘기를 했는데, 아내가 알게 되었고 이혼 얘기를 꺼냈습니다. 문자를 주고받은

게 다녔는데 이혼 얘기를 꺼내다니. 아내가 사회생활을 했다면, 이렇게 편협하지 않았을 거란 생각이 듭니다. 아내의 성장을 막은 게 나라는 생각이 듭니다.

19세기 중반 출간된, 귀스타브 플로베르의 『보바리 부인』은 도파민적 중독이 사랑과 연결되면 어떤 결과가 펼쳐지는지, 유려한 묘사와 세부적인 심리의 설명으로 유명한 소설이다. 이 책이 출간되자, 프랑스 사회에는 논란이 일었다. 중산층 사회에 대한 모욕이라고 느끼기도 하고, 가감 없는 여성의 욕망에 대한 서술에 당혹스러워했다고 한다. 밤이 되면 칠흑 같은 어둠이 찾아오고, 교통기관도 발달하지 않아 살았던 동네에서 삶을 마감하기도 하는 시대였던 19세기 중반에, 플로베르는 생존에 모든 에너지를 쏟고 개인이라는 개념조차 모호했던 프랑스 사회의 개인, 그것도 한 여성의 들끓는 욕망을 가감 없이 서술한다.

이 소설은 다음 세 가지 질문을 한다. 첫째, 결혼 제도는 완벽한가. 둘째, 사랑의 의미는 무엇인

가. 셋째, 모든 인간은 사랑할 자격이 있는가. 물질적 필요, 사회적 안전장치로서의 결혼, 가장 중요한 상호교감이 생략된 결혼은 엠마 보바리의 이후의 행적을 예상하게 한다. 사랑의 의미에 대해서도 엠마는 도취하게 만드는 것, 영혼을 붕 뜨게 해서 미칠 것 같은 열정에 빠뜨리는 것, 그 이상의 의미를 학습해 본 적이 없다. 상호교감 없이 사회적 의미만으로 점철된 결혼에서 그녀는 사랑의 의미를 확장시킬 수 없었고, 자기를 극복하고 초월하는 도전과 노력을 해야 하는 동기를 발견할 수 없었다. 그녀에게 모든 이성은 지루한 사람, 나를 열광케 하는 사람, 두 부류만이 존재했다. 사랑할 자격, 사랑받을 자격은 나를 도취케 하느냐, 아니냐에 달려 있었다. 도파민 분출에 의해 중독에 이르게 하느냐, 아니냐에 달려 있었다.

톨스토이의 책 『안나 카레니나』에서 안나의 남편 카레닌은 여자들이 사랑에 빠지는 부류의 남자는 따로 있다고 투덜댄다. 0~3세 사이에 인간의 뇌는 연결 회로망이 폭발적으로 증가한다고 한다. 영아기의 시냅스 형성이 뇌 발달의 주를 이룬다. 이때, 충분한 영양공급과 인간적으로 따뜻한 환경이 절대적으로 필요하다. 이 시기에 건강한 애착 형성이 이루어지지 않으면, 아기는 상호관계를 배우지 못하게 된다. 즉 로맨스의 기본이 되는 충만한 관계 맺기는 0세부터 시작되는 것이다. 안나의 남편, 카레닌이 말하는 사랑에 빠지게 하는 부류의 사람은 이렇게 생애 초반에 키워진다.

60대 남성이 상담실을 찾았다. 주 상담 내용은 마음이 설레는 사랑을 하고 싶다는 것이다. 이렇게 설레는 사랑을 하고 싶다는 욕구는 삶을 떠나는 순간까지 계속된다. 그러나 열 명 중 다섯 명 이상이 그런 사랑을 생각만 하다, 삶을 끝마친다. 사랑에 대해 학습하지 않고, 건강한 애착 관계를 완성하지 못하면 로맨스는 옛날이야기에 나오는 잃어버린 전설이 될 기로에 선다.

지금, 세상 어디선가 누가 울고 있다
이유 없이 울고 있는 그이는
나로 인해 우는 것이다

지금, 세상 어디선가 누가 웃고 있다
한밤중에 이유 없이 웃는 그이는
나를 두고 웃는 것이다
……
지금, 세상 어디에서 누군가 죽고 있다
이유 없이 죽어가는 그 사람은
나를 바라보고 있다

릴케, 〈엄숙한 시간〉

시인 릴케는 우리가 서로 연결되어 있음을 얘기하고 있다. 울고 있는 그 사람, 웃고 있는 그 사람, 이유 없이 죽어 가는 그 사람이 내가 될 수 있음을…… 많은 사람이 이 사실을 간과하고 있다. 나만, 우리 가족만 잘살면 된다고 생각한다. 사랑을 위해서라며 사회적 약자를 착취하고 이기적인 모습의 끝판을 보여준다. 사랑하는 그 사람은 세상과 연결되어 있는 존재다. 세계의 비즈니스는 긴밀히 연결되어, 상호작용한다. 미국의 리먼 브라더스 사태가 세계 금융권을 나락으로 떨어뜨린다. 눈에 보이지도 않는 바이러스 때문에 세계 각국의 여러 곳에서 사람들이 죽어 간다. 그와 나만 잘살겠다는 생각은 가능하지도, 옳지도 않은 생각이다. 그들은 선조와 후손의 나라를 외국에 팔아넘기고, 또는 나와 다른 민족이라고 생각되는 외집단을 집단학살한다. 이익이 상충하면 일가족을 생매장한다(사실 그들은 정말 자기에게 이익이 되는 것을 모르고 있다). 폐전자제품은 아프리카로 간다. 가난한 아프리카는 폐전자제품 쓰레기를 처리할 방법도 없으면서 생계를 위해 받아들인다. 세계 최첨단의 IT 기업들은 그들이 생산한 제품의 최종 산물의 리싸이클링에는 관심도 없다. 새로운 버전의 신제품이 나오면 축제를 벌인다. 그러나 폐전자기기들이 지구생태계를 교란시키고 있다는 것을 알고도 모른 체한다. 스마트폰 배터리 교체가 이루어지지 않게 디자인한다. 그 많은 컴퓨터 기기를 비롯한 폐전자기기는 최종적으로 어디로 가는 것일까……. 사랑은 우리가 연결되어 있음을 아는 것이다. 공정과 정의가 강물처럼 흐르지 않고, 누군가 신음하고 있으면 나도 평화로울 수 없음을 아는 것이다. 지구에서 살아가고 있는 모든 생명체는 연결된 링크의 운명이다.

만일 제육볶음을 먹기 위해 돼지를 죽여야 한

다면 당신은 그럴 수 있을까. 도축업을 하는 많은 사람들이 그 과정을 힘들어한다고 한다. 일종의 외상 후 스트레스장애 현상을 겪는다고 한다. 두려움에 휩싸인, 인간의 권력 앞에 서 있는 절대 약자인 그 생명체들을 보는 것만으로도 슬픔이 차오를 것이다. 소, 돼지는 총을 쏘아 죽이는데, 30여 분을 울부짖다 죽는다고 한다. 그 과정에서 스트레스 호르몬이 다량 분출되어 그들 몸은 독소로 가득 찬다. 그 몸을 먹는 것이 건강에 악영향을 끼칠 것은 당연한 이치다. 의료기술의 눈부신 발전에도 불구하고, 늘어만 가는 암 등 각종 중대 질병은 무분별한 동물성 단백질 섭취에 그 원인이 있다고 전문가들은 얘기하고 있다. 그리고 생산되는 항생제 총량의 3분의 2가 소, 돼지, 닭에 쓰인다고 한다. 간접 항생제 섭취는 장내 유익균을 죽이고, 뇌 건강에 직결되어 뇌 내 호르몬의 교란을 가져와 불면증 등을 불러올 수 있다고 한다. 우리와 공생해야 하는 동물이 공장형 축사에서 정신병이 걸리도록 잔혹하게 사육되어도 아랑곳하지 않고, 그 가죽과 털을 사용하는 데에 아무런 거리낌이 없으면서 왜 가슴 떨리는 사랑이 안 올까, 타령하는 것은 현대인들의 심각한 이율배반이다. 세상의 생명들에게 확장되지 않는 사랑은 사랑이 아니라 이기주의에 지나지 않는다.

많은 사람들은 누군가를 행복하게 해 주기 위해 사랑하고 싶어 하는 게 아니라, 내가 행복하려고, 동화 속 왕자와 공주처럼 환상을 충족시켜 보려고, 사랑받으려고 사랑을 꿈꾼다. 사랑의 하나의 단면을 전체의 모습으로 착각하고 있다. 사랑을 중요하게 생각하면서도, 사랑에 대해 알려고 하지 않는다. 그저 운명처럼 다가오기만을 기다린다. 운 좋게 그것이 다가오더라도 성장시켜 보려 하지 않는다. 그러고는 그것을 놓쳐 버린다……

2024년, 세 개의 전쟁이 진행되고 있다. 유토피아가 아니라서 화내지 말고, 과정이라고 생각하고 매일 기도한다, 피눈물 흘리며. 전쟁이 종식되기를, 평화가 찾아오기를…….

왜 사랑에 빠질 만한 사람이 없을까

✳

사랑하고 싶어도 사랑에 빠질 누군가가 없다는 사람들이 많다. 반백 년을 살아도 설렘 없이 사랑 이외의 이유로 결혼생활을 이어가는 사람도 많다. 왜 그럴까. 사랑에 대한 잘못된 기대 때문이 아닐까. 외모(그러나 아우라는 중요하다), 학벌, 재산 등 비본질적 이유로 사람을 판단하는 가치기준이 내재화되어 있으면, 결코 사람의 참모습이 보이지 않는다. 완벽한 판단기준을 가지고 사람의 가치를 계산한다면, 그 기준에 맞는 사람은 없을 것이다. 우리는 신과 결혼하는 것이 아니고 인간과 살고 있다.

사랑은 과정이고 연민이다. 모든 비극적인 결혼의 대부분의 이유가 사랑 이외의 조건을 보고 결혼을 결심하는 데에서 비롯된다. 공감 없이, 연민 없이, 공통의 추억 없이 결혼했으니 애착이 생길 리 없다. 그러니 용서가 쉽지 않다. 역지사지가 안 된다. 서둘러 한 결혼은 서둘러 끝난다. 시간과, 같이 나눈 경험과, 주고받은 끝없는 대화와, 울고 웃은 공통의 추억과 함께 사랑은 성숙되어 간다.

이혼하고 싶어도 주변의 남자들을 보면, 다 그 인간이 그 인간이라 그냥 산다고 하는 여성을 알고 있다. 그 여성은 결혼할 때도 더 조건 좋은 사람을 만날 수도 있지 않을까 하며 결혼식 전날까지 망설였다. 남편이 기대에 미치지 못하자, 그나마 있었던 관심을 거두어들이는 모습을 보았다. 오랜 세월을 함께 살았어도 존재 자체의 슬픔, 그의 콤플렉스에는 관심도 없고, 세상의 잣대로 남편을 예단하며 우습게 여겼다. 그러면서 외로워했다. 그녀의 문제는 환상 속에 산다는 데에 있다. 나의 모든 문제를 해결해 줄 백마 탄 왕자는 현실에 없다.

우리는 이산화탄소의 무분별한 배출, 생산과 소비의 미친 듯한 과열로 탄소발자국이 점점 늘어나고, 육식 소비로 인한 공장형 축사에서 사육되는 동물의 수만큼 열대우림이 파괴되어, 드디어는 섬들이 잠기기 시작한 시점에 살고 있다. 탐욕에 사로잡힌 국가의 리더들이 일으키는 약탈적인 전쟁으로, 수많은 생명들과 인류의 축적된 문화재가 파괴되고 있는 세상에 살고 있다. 환상 속에 산다는 것은 현대물리학의 세계를 거부하는 것이다. 환상 속의 그 왕자는 걸인이 되어 노숙하게 되기도 한다. 20년을 노숙하던 사람이 시청에서 주관한 인문학 강의를 듣고 생활인으로 거듭나기도 한다.

30여 년간 온갖 짓을 다한 남편이 있었다. 아내는 자녀들을 포기할 수 없었다. 두 자녀를 다 키워 놓고 뭘 해도 할 생각이었다고 한다. 그런데 눈물과 땀으로 인내한 세월이 지나자, 남편이 성자처럼 변했다고 한다. 다시 가정으로 돌아왔고, 아내는 남편을 용서했다. 셰리라는 반려견이 있었다. 화제가 되는 똑똑한 강아지들처럼, 신문을 가져온다거나 뒤뜰에서 파를 뽑아오지는 못했으나, 그 아이가 내 곁에 있으면 따뜻했다. 그냥 서로의 온기를 나누는 것으로 충분했다. 셰리를 처음 만났을 때, 나는 그 아이가 가여웠다. 먹이고 씻기고 재우며 셰리가 점점 내 삶에서 의미를 지니기 시작했다. 함께 세월을 나눴다. 만났을 때 반가워서 꼬리를 찰랑거리고, 내게 곁을 내준다는 것만으로도 나는 셰리를 보면 마음이 편해졌다. 사랑의 한 요소인, 서로를 기억하는 것만으로도, 행복하다는 것을 가르쳐 준 반려견 친구였다.

사랑에 빠진다는 말 자체가 문제인 것 같다. 사랑에 빠졌다고 생각한 얼마나 많은 커플들이 씁쓸한 끝을 맞이하는가. 사랑은 같이 보낸 시간과 함께 성숙되어 가는 것이 아닌가. 이해하려고 용서하려고 결심하는 것이 사랑이 아닌가. 아름다운 모습만 있을 거라는 기대는 환상 속의 그대를 사랑한다는 것이 아닌가. 현실의 고통과 여러 상처로 얼룩진 존재는 언제나 사랑스러울 수 없다. 그럼에도 불구하고 그를 위해 눈물 흘리는 것이 사랑이다. 그가 그 상처를 딛고 회복해 나가는 것을 돕는 것이 사랑이다. 그런 과정이 주는 치유의 효과는 서로를 깊이 이해하게 된다는 대단원의 결말이 온다는 것이다. 인간이 이룰 수 있는 가장 높은 수준의 활동은 이해하고자 노력하는 것이고, 이해함은 곧 자유로워짐이라고 스피노자가 말했다.

이 장의 주제인 '왜 사랑에 빠질 만한 사람이 없을까'에 관한 사소한, 그러나 중요하게 덧붙일 요소가 한 가지 있다. 마들렌 과자의 향기에서 지나간 추억이 떠오른 마르셀 프루스트는 잃어버린 시간을 찾아 여행을 떠난다. 다른 감각은 RAS라는 신경망을 거쳐서 뇌로 가지만, 후각 정보는 뇌의 감정처리 영역으로 직행한다. 그만큼 후각 정보는 그 사람의 이미지를 판단하는 결정적인 요인이 된다는 것이다.

너도밤나무가 가족의 모습을 지켜보며 서 있다. 할아버지는 책을 읽고, 엄마 아빠는 텔레비전을 보며 유희를 하고 있다. 창가 뒤엔 새들이 알을 낳아 놓았다. 커튼 뒤에 아기와 반려동물이 숨어서 놀고 있다. 아기도 불어오는 향긋한 바람을 느끼며 예쁜 옹알이를 한다. 이 모습이 일상이 되는 평화의 시대…….

용서에 대하여

✳

"너는 혼자 고귀한 척하고, 되게 잘난 체해."
파리 외곽 안토니라는 주택가에서의 여름밤, 같
이 여행 간 친구가 이렇게 얘기했다. 순간 나는
멘붕에 빠졌다. 파리에 사는 친구의 초대로 다
른 친구 한 명과 나는 여름에 프랑스 파리에서
휴가를 보내게 되었다. 그날은 베르사이유 궁전
을 관람하고 온 밤이었다. 많이 덥지도, 습하지
도 않게 쾌적하고 공기에서는 밤의 달콤한 냄새
가 나는 여름밤, 맥주캔을 앞에 두고 식탁에 마
주 앉아서 얘기를 나누던 순간의 일이었다. 친
구는 나만 만나면 온갖 힘든 일을 쏟아냈다. 나

는 이혼하고 아이들과의 사이도 원활하지 않던 친구가 안되어서 내가 할 수 있는 온갖 조언을 했다. 내가 말했다.

"네가 맨날 나만 만나면 징징대니까, 나는 해결책을 얘기해 주고 싶었던 거야."

그렇게 친구와 나의 격한 대화가 오갔고, 2층 침실로 올라온 나는 눈물이 핑 돌았다. 다음 날 커피를 만들며, 내가 말했다.

"어젯밤 일은 어젯밤으로 보내자……."

동네 안에 크고 조경이 잘된, 프랑스에서도 유명한 쏘 공원이라는 곳에서 산책을 했다. 오르세 미술관, 퐁피두 센터, 몽마르트르 언덕의 사크레쾨르 성당을 찾은 우리는 아무 일도 없었던 것처럼 여행의 날들을 보냈다.

인천공항에 도착해서 집으로 돌아온 다음 날부터, 나는 친구와의 관계가 고민되기 시작했다. 이런 종류의 길이 보이지 않는 삶의 순간들이 있다. 분명 난 친구에게 화가 났다. 쏟아내는 문제들을 풀어주겠다고 얼마나 고민했던가. 그런데 그게 잘못이었던 것이다. 친구만의 길이 있고 생각이 있을 텐데, 대신 고민해 주었다는 것!

나의 얘기들이 친구에겐 조언이 아니라 월권으로 들렸던 것이다. '감히 고귀한 나의 삶을, 아무것도 모르는 네가 조언을 하다니' 하고 친구는 분개했을 것이다. 사건의 전후좌우를 살피자, 내 잘못이 보였다. 화를 진정시키고, 친구의 삶으로부터 적정한 거리를 두기로 했다. 친구는 상담을 받고자 했던 것이 아니라, 감정 쓰레기통이 필요했던 것이다. 나는 감정 쓰레기통 역할이 버겁고 힘들다고 분명히 말했어야 했다. 불행은 그것에 주의를 기울이는 사람에게 다가가서 그 사람을 점령해 버린다고 한다. 친구의 불행에 관심을 기울이고 마치 내 일인 양 동동거리던 과거의 나도 아름답지 않았다. 친구도 문제가 생기면 상담받을 줄 알았을 것이다. 나에게 받고 싶었던 반응은 그냥 등을 두드려 주고 힘내라는 한 마디였을 텐데…… 상대방의 입장에서 사건을 재구성하자, 사건의 전말이 보였다. 나는 더 이상 친구에게 화가 나지 않았다. 친구도 자신의 감정 폭발에 내가 화를 품지 않는 모습을 보고 감사해했다. 용서는 이렇게 사실관계를 파악하는 제3자의 시선이 필요하다.

히틀러가 유대인을 제노사이드 한 이유가, 그들이 악하다고 생각해서였다고 한다. 선한 사마리아인이지만 대의를 위해 희생해야 한다고 생각한 것이 아니라, 유대인이 그런 일을 당할 만하다고 생각해서였다고 하니, 그 생각의 상식적이지 않음에 경악스러울 뿐이다. 히틀러는 부모에게 폭행당하며 컸다고 한다. 그러니 제대로 된 애착관계나 인간적인 정의를 배우지 못했을 것이다. 폭행이 그가 삶에서 배운 행동양식이었을 것이다. 그는 1차 세계대전을 겪으며 독일 사회가 위기에 처하자, 과격하고 극단적인 정치구호로 독일을 살인 청부업의 나라가 되는 구렁텅이에 빠뜨렸다. 자신을 학대한 부모에 대한 증오가 유대인에게 전이된 것이다. 갈구하던 애착 욕구가 좌절되자, 권력에의 의지로 방향을 튼 것이다.

중국 당나라 태종의 『정관정요』의 한 구절인 '자신이 완벽하지 않다는 것을 인정하고 그 부족함을 토대로 다른 의견을 수용할' 유연함이 그에겐 없었다. 병든 심리의 가장 큰 특징인 유연함과 융통성 없음이 히틀러의 가장 큰 잘못이었다.

'겨울이 있기에 따뜻한 포옹이 가능한' 부족하고 연약해서 서로 끌어안는 용서의 마음이 그에겐 없었다. 이렇게 용서하지 않음은 세계사를 피로 물들여 버렸다.

2023년 10월 7일, 팔레스타인의 하마스라는 무장단체가 이스라엘의 한 지역을 향해 다수의 로켓을 발사했다. 이스라엘은 즉각 대응에 나섰고 팔레스타인인들을 중동지역에서 멸종시킬 것이라고 천명하며 전의를 불태우고 있다. 이 모습은 히틀러가 유대인을 제노사이드한 모습과 오버랩된다. 히틀러의, 자신을 학대한 부모에 대한 분노가 유대인에게 전이되었던 것처럼 유대인들의, 2차 세계대전 당시의 유대인 학살에 대한 분노가, 팔레스타인인들에게 전이되는 양상이다. 사회자본은 신뢰와 안전으로, 용서는 그자본을 재생하는 기제라고 한다. 용서하지 않음은 또다시 세계사를 피로 물들이고 있다. 용서하지 않음은 사회자본을 또다시 파괴하고 있다.

알란 파페라는 이스라엘인 작가가 쓴 『팔레스타인 비극사』라는 책을 보면, 이스라엘이 1948년

건국 당시 어떤 일을 했는가가 묘사되어 있다. '이스라엘 군대가 바사에 들어와서 젊은 남자는 모두 줄을 서라고 명령하고는 교회 앞에서 처형했을 때, 외할머니는 10대였습니다. 외할머니는 스물한 살 오빠와 갓 결혼한 스물두 살 오빠가 처형되는 모습을 지켜봤지요. 그 아들은 아버지가 처형되는 걸 보고 미쳐서 다시는 회복되지 않았다. 이스라엘 군인들은 여자애의 머리를 밀어버리고 집단강간을 하고는 결국 죽여 버렸다.' 알란 파페는 이후 이스라엘에서 추방당하여 영국으로 망명한다. 그래도 이스라엘인으로서 자국의 치부를 낱낱이 기록하는 사람 때문에 인류에게서 희망을 본다. 역사를 보면 물론 팔레스타인도 만만치 않은 폭행을 이스라엘에 행했다. 그러나 이스라엘의 잘못도 분명히 존재한다. 역사의 과오를 따지느라 과거로 회귀해선 안 된다. 미래를 바라보고 가장 합리적인 해결책을 찾아 머리를 맞대지 않으면, 인류문명은 붕괴될 위험과 맞닥뜨리게 될 것이다.

2022년 화제를 몰고 왔던 '더 글로리'는 학폭을 당한 주인공이 18년 후 가해자 모두를 벌 받게 하는 이야기다. 눈을 뗄 수 없는 스토리 전개와 더불어 주인공의 감정을 배제한 냉철한 내레이션이 인상 깊다. 피해자 문동은을 괴롭혔던 가해자 모두 자신들이 지은 죄에 대해 일말의 죄책감이 없고 심지어 자신들의 죄악에 대해 잊어버리고 아무 일도 없었던 듯이 사는 것이, 피해 당사자인 동은을 더욱 분노하게 한다. 결말에 가서 죽고 감옥 가고 치부가 드러난 그들 모두, 진정한 반성과는 거리가 먼 행보를 보인다. 그러나 타의에 의해서라도 그들의 죄가 드러나고 벌을 받는다는 자체에 의미가 있다. 죄 가득한 삶의 행진이 멈췄다는 데에 의미가 있지 않을까. 계속 악의 행로를 걷고 있는데, 그들이 무엇을 계기로 반성하겠는가. 그들의 지방이 잔뜩 낀 양심에 경고를 날리고 악의 행진을 멈추게 한 점에서 동은의 행동에 의미가 있다.

나병이 악마의 표징이었던 시절이 있었다. 그러나 지금은 그것이 질병임을 안다. 악행도 그것이 질병이어서 어떤 치료법이 필요하다면, 가장 먼저 해야 할 일은 잘못임을 공론화하는 것이다. 궁극의 용서로 가는 길은 쉽지 않다. 죄가 죄임을 알지 못하는 무식을 깨우쳐 주고, 그 죄에 합당한 벌을 받아야 함을 그들은 모른다. 벌을 받으면, 죄가 죄인 줄 알게 될까. 그렇기도 하고 그렇게 되지 않기도 할 것이다. 하지만, 중요한 것은 인지적 혼란에 빠질 것이란 거다. 단단한 악의 벽에 틈이 생길 것이란 것이다. 그 틈, 어느 현자는 그 틈이 우리에게 빛을 보여준다고 했다. 산산이 부서진 문동은의 영혼에, 그럼에도 불구하고 다음 시를 들려주고 싶다.

적의 숨겨진 과거를 읽을 수 있다면, 우리는 그들의 삶에서 그 어떤 적의라도 내려놓게 만들 만큼 가득한, 슬픔과 고통을 발견하게 될 것이다.

롱 펠로우

결혼에 대하여

✳

결혼을 결심하기 전에

결혼이 실패로 끝나는 지름길은 그 결혼이 나의 문제를 해결해 주어야 한다고 생각하며 결혼하는 것이다. 결혼생활 자체의 여러 문제에, 나 자신의 본래 문제까지 해결해 주어야 한다는 강박관념까지 곁들어지면 그 결혼이 삐걱댈 것은 당연한 수순이다. 결혼을 계속 유지하게 하는 이유는 결혼 전으로 소급해 보아야 할 것이다. 어떤 마음으로 그와 같이 살 것을 결심했는가. 그에 대해 무엇을 알고 있는가. 두 사람 모두 사랑에 대해 학습한 적이 있는가. 사랑 이외의 이유로 결혼을 결심했다면 그 결혼은 이어 나갈 원동력이 없는 것이다. 적어도 사랑하겠다는 의지가 있어야 현실의 상황에 대응해 헤쳐 나갈 동기가 생긴다. 그리고 상대에 대해 무엇을 알고 있는가는 결혼 필수 준비 중에서도 가장 중요하다. 어떤 콤플렉스를 가지고 있는가, 가치관은 서로 조화를 이루는가. 대화하고 함께 사계절을 보내고 질문과 대답의 시간을 가져 보는 과정이 관계를 진전시킨다. 이런 사람일 줄은 몰랐다는 얘기는 실패로 끝나는 결혼의 단골 클리셰다. 사랑에 대해 학습하지 않는 자세도 결혼을 전쟁으로 만드는 주원인이다. 결혼은 인간관계 중에서도 사랑에 의해 이루어지는 가장 상징적인 관계이다.

사랑을 배우려고 사는 것이라고 어느 시인은 얘기했다. 사랑은 자연발생적으로 알게 되기도 하지만 삶의 모든 것이 담겨 있다. 결혼은 사랑에 대해 배울 수 있는 것인 동시에, 사랑에 대해 학습해야 지속되는 것이기도 하다. 끝나버리는 결혼의 많은 사례가 '사랑을 진지하게 학습해 본 적이 없어서'라고 말할 수 있다.

'시계 거꾸로 돌리기' 실험으로 유명한 하버드대 심리학과의 앨런 랭어 교수의 또 다른 실험이 있다. 펜, 텀블러, 고무로 된 강아지 장난감, 카메라 부품 등 4가지 물건을 동아리 대학생 24명에게 보여주었다. 그 후, 12명씩 두 조로 나누어, 1조 학생들에게는 A는 펜, B는 텀블러, C는 강아지 장난감, D는 카메라 부품이라고 설명했다. 한편 2조 학생들에게는 A는 펜일 수도 있다, B는 텀블러일 수도 있다, C는 강아지 장난감일 수도 있다, D는 카메라 부품일 수도 있다는 식으로 가능성을 열어 설명했다. 그런 후 소비자 행동 조사라는 명분을 달아, '연필'을 주고 물건 가격이 높은 순으로 써 보라고 했다. 질문지 작성이 끝났을 때, 실험자는 거꾸로 물건 가격이 낮은 것에서 높은 순서로 쓰라고 말을 바꾸었다. 실험의 목적은 "과연 누가 강아지 장난감을 지우개로 사용할 수 있을 것인가"였다. 강아지 장난감일 수도 있다는 여지를 두고 설명한 2조에서는 12명 중 6명이 강아지 장난감을 지우개로 사용했다. 반면 강아지 장난감이라고 단정적으로 설명한 1조에서는 12명 가운데 1명만이 강아지 장난감을 지우개로 사용했다.

이 실험은 '정답의 역설'이라는 실험이라고 알려져 있다. 한 가지 정해진 답만 강요하는 교육의 결과, 결혼에 대한 정의도 정답의 역설 속에 빠져 버린다. 행복해야 하고, 사랑 받아야 하고, 위로 받아야 하고, 꽃길이어야 한다고 생각한다. 다른 경우의 수는 고려하지 않는다. 그러나 파트너는 나름의 상처가 있고, 나름의 상황이 있다. 생활 자체에서 일어나는 돌발 상황도 만만치 않다. 어느 순간 결혼생활을 유지하는 것이 허리케인이 쓸고 간 폐허처럼 황량하게 느껴지기도 한다. 결혼이 나의 욕구를 충족시키는 기제로만 정답을 설정한 사람들은 괴로워지기 시작한다. 내가 생각한 결혼은 이게 아닌데, 방황이 시작된다. 그러나 보이지 않는 삶의 비전으로까지 결혼의 정답을 유연하게 확장시킨 사람은 신뢰와 소통, 예의로 상황을 헤쳐 나갈 여력이 남아 있다. 흩어진 데이터와 지질학을 토대로 모하비 사막 아래 묻혀 있는 금의 양이 얼마나 되는지 추론하는 지질학자처럼, 그들은 결혼에 대한 고착적 인지 편향에서 벗어난다.

결혼에서 부차적인 문제와
필수적인 문제는 무엇인가

도덕과 신념을 같이 지향하는 관계, 끊임없이 대화로 모순된 점을 소통하지 않으면 해체 위기에 놓이는 공동체, 긴 세월에 걸친 신의를 형성하기 위해 힘써야 하는 협동 관계, 목숨 걸고 재미있게 살려고 노력하는 유희 공동체, 어떻게 시간을 보내느냐에 따라 관계의 질이 천차만별인 사이가 되는 것이 결혼이다.

'위기의 주부들'이란 ABC 드라마 주인공이었던 아름답고 재능 있는 배우는, NBA 농구스타와 프랑스의 한 성에서 아낌없이 비용을 들여 결혼했으나, 1년도 못 가 그 결혼은 끝났다. 영화 제작자이자 성우, 배우인 브래드 피트는 '프렌즈'라는 10여 년간 인기리에 방영된 드라마의 주인공 제니퍼 에니스톤과 결혼했으나, 결혼 기간 중 다른 여성과의 교제로 그 결혼은 막을 내렸다. 대통령의 딸과 결혼한 재벌 기업의 총수는 세 명의 자녀를 두고도 또 다른 여성과 아이를 낳고 혼외 생활을 하다, 기나긴 이혼 소송에 휩싸였다. 멕시코 민중화가로 남미 벽화 운동의 선구자였던 디에고 리베라는 초현실주의 여성화가였던 프리다 칼로와 결혼했으나, 온갖 혼외 정사로 결혼생활을 비극으로 몰고 갔다.

문인으로서 글로 항일했다고 알려진 현진건(동아일보 기자였던 그는 1936년 베를린 올림픽 때 마라톤 금메달 리스트 손기정 선수의 사진에서 일장기를 삭제하여 신문에 실었다.)의 『운수 좋은 날』이라는 단편 소설은, 부부 사랑의 절절한 모습을 보여준다. 인력거꾼 김첨지가 다른 날보다 돈을 더 벌어서 아내에게 줄 먹을 것을 사 들고 집에 가 보니, 아내가 죽어 있더라는 얘기다. 병을 오래 앓던 아내에게 사랑하는 마음으로 힘들게 일해서 먹을 것을 사 들고 갔건만, 아내는 이미 저세상으로 떠나버린, 참담한 사랑의 이야기. '괴상하게도 오늘은 운수가 좋더니만…….' 김첨지의 울부짖음이 오래 귓가를 맴돈다.

결혼에 우리가 기대하는 상위 3대 요소는 정서

적 지지, 사랑, 친밀감 등일 것이다. 상처가 되는 말들, 배우자의 무관심, 가치관의 현격한 차이 등은 언뜻 보면 화려해 보이는 결혼의 조건들이 결혼을 지속 가능하게 하는 이유가 아님을, 절실히 느끼게 해 준다. 그렇다면 결혼에서의 부차적인 문제들은 무엇인가, 결혼에서의 필수적인 문제들은 무엇인가…….

결혼생활을 잘 이어 나가려면

'결혼 지옥'이라는 부부들의 텔레비전 상담 프로가 있다. 그곳에 출연하는 부부들은 결혼생활의 문제를 상담자에게 털어놓으며, 한결같이 배우자를 비난한다. 서로 옳다고 주장한다. 모든 상황 관찰이 끝났을 때, 상담자는 서로 간과하고 있는 문제를 전문가의 입장에서 얘기해 준다. 생리·심리·사회적인 해결책을 접하며, 그들은 배우자의 입장이 되어 보고, 몰랐던 배우자의 문제를 직면한다. 무뚝뚝하고 의사표현이 서툴렀던 남편이 의사소통 장애가 있음을 알게 된 아내는, 그동안의 자신의 비난이 남편에게 비수가 되어 꽂혔음을 알고 가슴을 친다. 시누이들에게 부당한 대우를 받고 마음에 한이 된 아내의 사연을 몰랐던 남편은, 그제야 아내의 거친 말투의 이유를 알게 된다. 출산 때도 곁에 없었고, 툭하면 집을 나가는 남편이, 어린 시절 유기의 경험이 상처가 되어 한곳에 정착하지 못함을 알게 된 아내는 눈물을 닦는다. 대화가 끊긴 관계는 오해와 편견이 겹겹이 쌓여 돌이킬 수 없는 루비콘강을 건너게 된다.

늙어서도 배우자와 대화를 즐길 수 있는가. 결혼생활의 대부분이 대화로 이어진다고 할 때, 대화의 기술을 익히는 것과 대화할 상대의 트라우마를 파악하는 것은 소통의 기본 전제 조건이다. 상대방에 대해 모르면서 상대를 난도질하기는 참으로 안타깝게도 우리가 흔히 저지르는 일이다. 어쩌면 '이렇게 나를 화나게 할 수 있을까'에서, '왜 이렇게 행동할까'로 질문을 바꿔 보라. 용기와 노력을 기울여 대화하는 법을 익히고, 배우자의 트라우마를 파악하면, 어깨를 짓누르는 삶의 무게가 한결 가볍게 느껴질 것이다.

아름다움은 힘이 세다

진선미라는 가치는 서로 긴밀히 연결되어 있다. '참됨과 선함과 아름다움은 심신의 덕성이자 하늘, 땅, 인간의 덕성이다.'(환단고기) 진리를 아는데 선하지 않을 수 없으며, 진리와 유리된 선함도 없으며, 선하지 않으면 아름답게 느껴지지 않는다. 그런 의미에서 아름다움은 진과 선의 결과물이라고 할 수 있다. 사랑의 시작에 아름다움이 작용한다면, 사랑을 유지하는 데에도 아름다움은 핵심 축을 담당한다. 어떤 사람에겐 혼인신고라는 목표가 이루어진 결혼생활은 긴장감이 사라지기도 한다. 사랑이라는 동사가 최종 목표가 아닌 결혼이라는 명사가 목표였다면, 결혼 후는 사회적 관습의, 노력 없이 무조건 행복해져야 하는 당위가 되어 버린다. 삶의 나날이 과정이고, 왜 사는가를 생각하며 살게 되면 우선순위를 알게 된다. 삶의 우선순위를 알게 되면 아름답다는 것이 이목구비가 아름다운 것이 아님을 알게 된다. 깨어 있지 않은 부스스한 모습들은 배우자를 회의에 빠지게 한다, 나는 왜 결혼했을까…… 결혼식을 한 것은 사랑이 완료된 것이 아니라, 사랑의 시작임을 알아야 하는데도 결혼이 대단한 성취라도 한 것으로 이해하는 사람들이 있다.

'아무도 두 주인을 섬길 수 없다. 한쪽은 미워하고 다른 쪽은 사랑하며, 한쪽은 떠받들고 다른 쪽은 업신여기게 된다. 너희는 하느님과 재물을 함께 섬길 수 없다'(마태 6:24)

순화되지 않고 절제되지 않은 욕망과 사랑은 함께 갈 수 없다. 욕망을 이루려고 결혼했다면 그 결혼의 끝은 비참해진다. 그런 마음으로 시작된 나날이 아름답지 않게 전개됨은 수많은 선례가 보여준다. 배우자는 넌더리가 나고 싸움은 끝나지 않을 것이다. 어떤 방향을 바라보며 사느냐에 따라 악취가 풍기기도 하고, 그윽한 향기로 주위를 구원하기도 한다. 꽃은 저녁노을은 왜 아름다울까. 햇빛과 바람과 비를 받아들이고, 땅에 굳건히 뿌리내리는 순리를 역행하지 않는 기쁨이 그들을 완성시킨 것은 아닐까. 햇빛과 바람과 비를 받아들인다는 것은 세상으로부터 고립되지 않고, 세상이 울 때 함께 울고, 세상이 웃을 때 같이 웃는다는 것을 뜻한다. 자기만의 성에 갇혀서 살지 않고 세상과 연대한다는 것을 의미한다. 땅에 굳건히 뿌리내리는 것은 누구에게도 종속되지 않고 내 영양분은 내가 흡수한다는 것을 뜻한다. 아름다움의 본질이 이런 것이 아닐까. 연대하면서 자신의 삶의 자양분은 자기가 일구는 것……

결혼생활에서 중요한 것은 서로 얼마나 잘 맞는가보다, 다른 점을 어떻게 극복해 나가느냐이다.

톨스토이

한국의 전체 이혼 건수 중 4년 이하 신혼 이혼율이 27%라고 한다. 뭐든지 빨리빨리 해결해야 효율적이라고 생각하는 시대 양상의 반영이라고 본다. 그러나 인간이라는 생명체를 이해하기엔 100년도 부족하다. 그래서 죽을 때까지 배운다는 말이 있다. 경제 관련 지식 중에 '예산의 80%를 차지하는 가장 큰 단일 항목을 추려내어 이례적이다 싶은 항목을 자세히 살펴보다 찾아낸' 특이점에 대해 얘기하는 대목이 있다. 반복되는 주된 불화의 원인이 무엇인지 생각해 보았는지 묻고 싶다. '왜'를 3번 물으면 원인이 밝혀진다고 한다. 충분히 성장하는 과정을 겪지 않은 관계는 자주 오해하고, 서로에게 생채기를 남긴다. 캐나다에서 실시한 연구에서는 출산 휴가를 보낸 남성이 가사 노동과 자녀 양육에 더 많은 시간을 쏟는다고 한다. 같이 시간을 보내면 서로에 대한 애정이 생긴다. 충분히 시간을 함께 보냈는가는 결혼생활의 길을 결정하는 중요한 요인이다. 같이 충분한 시간을 보내도 유희 본능을 충족시키지 않으면 영혼의 단짝이 되기는 쉽지 않다.

노는 인간, 놀이하는 인간을 의미하는 호모 루덴스는 문화의 본질적인 특성을 말하고 있다. 인류의 탄생과 함께 시작된 유희 본능은 왜 살아야 하는지에까지 함의를 넓힐 수 있다. 몰입은 자신이 즐거워하는 곳에서 이뤄진다. 사랑하는 사람과 진정으로 즐기는 유희가 있는가. 그와 함께 있는 시간이 재밌다면 결코 헤어지고 싶지 않을 것이다. 그리고 대화…… 오랜 기간을 함께 살았어도 배우자에 대해 모르는 것투성이라면 어린 시절 상처도, 꿈도, 인생관의 대부분을 차지하는 중요하게 생각하는 가치도 모른다면 함께 살았다고 할 수 있을까. 함께 시간을 보냈다고 할 수 있을까. 결혼생활의 대부분이 대화로 이뤄진다고 볼 때, 대화하는 기술에 대해 배우는 것은 중요하다. 비폭력 대화에 대한 좋은 책들이 있다. 관찰-느낌-욕구/필요-부탁이라는 절차를 거친다는 비폭력 대화는 삶을 풍요롭고 부드러움으로 감싸는 기술이다. 무엇보다 비폭력 대화의 핵심은 마음가짐이라고 한다. 상대방을 이해하겠다는 경청의 기술이 핵을 이룬다고 한다. 내 생각을 주장하는 것이 주된 목적이 아니라 대화 상대와 소통하는 것이 목적이라고 한다.

마라톤을 할 때 우리는 미리 여러 준비를 한다. 완주하기 위해 힘든 여정을 겪을 것이라고 각오한다. 부상 당하지 않기 위해 깨어 있으려고 하고, 오래 달리기 위해 페이스 메이커를 옆에 둔다. 결혼은 마라톤 중에서도 울트라 마라톤이다. 당신은 이런 울트라 마라톤을 위해 어떤 준비를 어떤 마음가짐을 갖추고 있는가. 준비와 마음가짐이 충분치 않다면 다른 코스를 달려도 중도 포기는 당연한 수순이다.

이혼에 관하여

"모습을 보기만 해도 구역질이 나요."

이혼을 결심한 아내는 이렇게 말했다. 남편이 친구에게 작업을 건 사실을 친구가 말해 주었다고 한다. 왜 그렇게 되었을까. 파산 직전으로 가게 된 남편은 말했다.

"과소비 정도가 아니에요. 광소비예요. 내 인생도, 아이들의 인생도 앞이 안 보입니다."

왜 그렇게 되었을까. '왜'를 3번 물으면 원인이 밝혀진다고 한다. 그러고 나서 표를 만들어 보라. 최악과 최선의 상황을 상상해 보고 이 또한 기록해 보라. 결혼을 결심할 때 세 번 기도하라는 말이 있다. 이혼을 결심하기 전에는 4번 기도하라고 말하고 싶다. 헤어지기는 쉬워도 결혼을 결정할 만큼 내게 호소력 있는 사람을 만나기는 쉬운 일이 아니다. 늘 완벽한 인간은 없다.

바람둥이로 유명한 사진작가가 있었다. 세간의 우려에도 사랑을 믿었던 A는 그와 결혼했고, 이혼했다. 그런데 그 사진작가가 정착하고 제대로 된 가정을 꾸리게 되었다. 그를 제대로 살게 해준 여성이 있었으니 그녀의 직업은 상담사였다. 수많은 상담을 하며 외도하는 것도 정신적 결핍의 하나임을 알게 된 그 여성은, 사진작가에게 상담을 받을 것을 권유했다. 공지영 작가는 '사랑은 상처받을 것을 각오하고 시작하는 것'이라고 했다. 다른 사람을 만나 떠나겠다고 말하는 사람은 보내주는 게 옳다. 그러나 내가 이혼을 통보하는 입장이라면, 충분한 시간의 숙려가 필요하다.

상처 없는 인간은 없다. 영혼에 우주가 담겨 있지 않은 사람도 없다. 다각도로 결혼생활을 점검해 보고 최선을 다했을 때, 헤어질 결심을 해도 늦지 않다. 그때 헤어지는 게 아니었어, 라고 먼 훗날 생각하게 되는 것만큼 괴로운 일은 흔하게 일어나지 않는다. 모든 노력에도 불구하고 이혼을 결심했다면 잘 헤어져야 한다(이혼 후 전 배우자에게 살해당하는 사례도 간혹 보도된다). 결혼하는 데에 시간과 노력을 쏟아부었다면, 이혼하는 데에도 시간과 노력을 기울여야 한다. 마음의 준비를 할 충분한 시간. 원수로 끝나지 않을 넉넉한 수고로움. 누군가와 잘 헤어지는 것은 누군가를 잘 만나는 것만큼이나 중요하다. 모욕감을 느끼지 않을 비폭력 대화의 기술,

충분한 법률 상식 갖추기, 혼자만의 헤어질 결심이 아닌 그도 동의하는 헤어짐을 만들어야 한다. 여기서 덧붙일 것이 있다. 헤어지는 것이 나은 상황도 있다. 서로 사랑하지 않는 결혼생활만큼 비참하고 우울한 상황은 없다. 애착 관계를 맺고, 예술과 문화로 치유 받으며, 공통의 비전과 추억을 갖고 하루하루가 인간적인 따뜻함의 시간을 보내고 싶은 욕망이 조금도 없다면. 이런 관계를 지속하는 것은 자녀들에게도 악영향을 끼친다. 쇼윈도 부부로 사는 것보다는 헤어질 결심을 하는 것이 정신건강에 오히려 좋다. 더 좋은 것은 관계를 개선할 욕구를 갖는 것이겠지만, 그렇지 못할 경우에는 홀로 설 준비를 하는 것이 나의 삶을 살린다. 인간으로서의 존엄성은 혼자 살 수도 있을 때, 갖춰지는 것이다.

무지 더운 2023년 여름, 친구 언니 딸의 결혼식에서 받아온 장미를 유리 꽃병에 꽂았던 6월의 기억을 그림. 장미는 좋을까? 사람들에게 아름다움을 환기시키는 자신의 소명이…….

여자의 특성, 남자의 특성

＊

18세기까지 출산과 가정 내에서의 역할이, 여성에게 사회가 기대하는 역할의 전부였다. 동물과 함께 여성은 그 가정의 소유물처럼 여겨졌다. 웃음이 담벼락을 넘어서도 안 되고 암탉이 울면 집안이 망한다고 여겼다. 교육의 기회도 없었고 정치영역에 뛰어들 수도 없었다.

『프랑켄슈타인』의 저자 메리 셸리의 어머니인 메리 울스턴크레프트는 여성운동의 선구자격인 인물이다. 17~18세기 무렵 싹튼 계몽주의는 전통과 신의에 따라 절대 권력을 행사한 왕정주의를 비판하고, 인간과 시민의 권리를 표명하면서 시민혁명의 토대를 마련했다. 이에 영향 받은 메리 울스턴크래프트는 여성의 권리를 찾기 위한 여정의 시초가 된『여권 수호』라는 책을 출간했다. 그 후 여성은 교육을 받을 권리, 바지를 입을 권리, 선거할 수 있는 권리 등 차별 받지 않기 위해 기차선로에 몸을 묶고 시위하기도 하고 기소당하는 것도 마다하지 않았다. 2차 대전 후, 전장에 간 남성을 대신해 가정에서 나와 공장에서 일하게 된 여성은, 치렁치렁한 옷을 벗어 버리고 생활인으로 거듭나게 된다. 사회도 더 이상 가정 내에서만 사는 여성을 전형적인 여성으로 여기지 않게 되었다. 거의 200여 년간의 여성의 인권 회복의 여정으로 여성의 특성이라고 여겨지는 요인들도 많은 변화가 일어났다. 순종적이고, 조신하다고 여겨져야 했던 모습에서 탈피가 일어났다. 모든 직업의 영역에서 여성을 발견할 수 있고, 고등 교육을 받을 기회가 여성에게도 활짝 열렸을 뿐만 아니라, 여성은 높은 사회적 성취를 이루고 있다. 이런 변화를 감안하고 여성의 특성, 남성의 특성을 논해야 좀 더 근접한 논의가 될 것이다.

'여자와 남자가 뭐가 그리 다를까'라고 생각할 수도 있을 것이다. 인간적 통찰은 같으나, 다른 점들이 있다. 장례식장에 가면 소리 내어 우는 사람은 여자들이다. 여자들은 감정을 드러내는 것에 대한 제재를 남자에 비해 훨씬 덜 받는다. 그렇게 사회화된 여성들은 감정 표현을 많이 자제하지 않는다. 차 탈 때, 차 문을 열어주는 남자는 매너 좋다는 평을 듣지만, 여자가 남자가 탈 차문을 열어주지는 않는다. 그렇게 해도 그녀는 매너가 없다는 말을 듣지 않는다.

가방을 꼭 가지고 다니는 것이 여자의 특성 중 하나다. 보통 사회적 권력 서열이 높은 사람은 가방을 비서에게 맡긴다고 한다. 그런 남성 사회의 관습 때문에, 남자들은 가방에 집착하지 않는다. 그러나 여자들은 서열 문화의 역사적 배경으로부터 비교적 자유로워서 가방이 필수품으로 자리 잡았다. 여자는 관계 지향적이고, 남자는 성취 지향적이라는 구별도 많이 희석되었다. 당연히 아이를 위해 목숨 바치는 모성도 학습화된 성향이라는 이론도 받아들여지고 있다. 도전적이고 담대하고 잔혹할 정도로 냉정한 여성도 영상매체에서 많이 보여지고 있다. 그렇다면 여성의 특성과 남성의 특성을 알아보는 것이 뭐 그리 필요하겠는가 싶지만, 뇌의 시상하부와 뇌하수체에 의해 조절되는 성호르몬은 여성과 남성의 근본적인 차이를 만들고 있다.

남성은 다음의 특성을 나타낸다고 한다

· 권력의지가 강하다. 권력의지란 정복하고 이겨서 스스로 강해지려는 의지를 말한다.
· 잠재적 슈퍼맨이 되고 싶어 한다(능력을 발휘하고 싶어 한다).
· 경쟁심이 강하다.
· 남자 스스로 자신의 욕구를 모르는 일이 많다 남자는 사랑이 깊어 질수록 인정받고 싶어 한다).
· 정력적이고 싶어 한다(힘 있는 존재가 되고 싶어 한다).
· 결과 중심주의가 강하다.
· 기본적으로 바쁘게 움직일 때 가장 행복을 느낀다.
· 남자가 어떤 요구, 두려움, 바람을 가지고 있는지 알게 된다면 엄청난 정보를 얻은 셈이다.
· 긍정적인 피드백에 용기를 얻는다.
· 패배를 가장 두려워한다.

· 감정의 미묘한 변화를 세심하게 알아차리고 타인에게 공감하는 능력이 발달했다.
· 권력 지향적이기보다 연대의식이 있다.
· 배려심이 발달했다.
· 대화 능력이 발달했다.
· 감정 표현에 보다 적극적이다.
· 명분보다 실리를 챙기는 성향이 있다.
· 결과 중심이기보다 과정에도 주의를 기울인다.
· 수직적 계급에 덜 치중한다.
· 남성이 남성적이라는 이미지에 반하는 것을 두려워하는 것보다, 여성이 여성적이라는 이미지에서 자유롭다.
· 실패해도 수치심을 덜 느낀다.

권력의지가 강하고 일이 자신의 주요 정체성인 남성의 특성과 결과보다 과정 중심적이고 공감과 배려와 연대가 중요한 여성의 특징을 안다면, 상호 존중이 일어나고 대화의 폭력성이 훨씬 줄어들지 않을까.

연인 만나기

✳

관심이란 우주와 나를 연결하는 마음의 상태이
다. 아무것에도 관심이 없다는 것은 살아 있는
상태가 아니다.

어떤 매칭 프로에서의 한 남자를 기억한다. 그
는 의사였다. 선호도 높은 직업이었으나, 마지
막에 그를 선택한 사람은 없었다. 그를 떠올리
면 생명체에 관심이 없는 어떤 홀로 사는 유기
체 같다는 느낌이 들었다. 삶의 초반에 따뜻한
보살핌을 못 받고 성장했을 것 같은 느낌. 그의
하루를 생각해 본다. 아침에 일어났을 때부터
잠들기까지 그와 눈 마주쳐 주고 웃어준 어떤

사람. 어떤 포옹. 손길을 느끼는 것. 이런 것이 풍부하지 못했을 것 같은. 어쩌면 그는 더 황량하게 자랐을지도 모른다.

영유아기 때의 관계 맺음은 평생 맺을 인간관계의 패턴을 결정한다고 한다. 관계 맺음의 경험이 풍부한가, 못한가를 인간은 직감적으로 느끼게 된다고 한다. 싸한 분위기, 따뜻한 기운 등을 구별해 내기는 생존의 문제와 직결된다. 더구나 매칭 프로에서는 여러 유형의 사람들을 볼 수 있기에 비교 분석이 활발해진다. 연인 만나기가 이렇게 영유아 성장기의 체험과도 연결되어 있다니, 한순간의 인상이 그냥 한순간의 일이 아님을 알 수 있다. 생애 초반의 애착 관계 형성은 연인을 만나는 것과 밀접한 관계에 있는 것이다. 그 매칭 프로에서 모태 솔로인 사람들의 얘기를 들을 수 있었다.

"사람들을 이성과 동성으로 나눌 줄을 몰랐다. 다 같은 인간으로만 봤다. 이성과 동성을 대하는 태도가 온오프가 되질 않는다……."

이 이야기들은 남녀가 서로 사랑하는 롤모델을 보지 못하고 컸다는 얘기이다. 이 또한 성장기와 연결된 이야기다. 서로 사랑하는 모습을 보며 제대로 된 사랑을 배우며 큰 사람이, 연인도 만나게 된다. 제대로 된 연애를 시작할 수 있다. 서로 사랑하는 부모와, 사랑 속에서 크지 못한 것도 억울한데, 연인을 만나 성숙한 연애도 못하다니. 세상사가 너무 불공평하게 느껴진다.

서로 사랑하며 백년해로하는 부부의 모습이 신화 속의 모습 같다. 하지만 상처 없는 영혼이 어디 있으랴. 서로 사랑하는 부부들은 문제가 생겼을 때 서로를 탓하지 않고 상황을 파악하려 하고 그 맥락 안에서 상대방을 이해하려는 노력을 그치지 않는다. 사랑을 배우려고 삶을 사는 것이라는 것을 알고 있다. 그런 시도 안에 연인 만들기의 방법론이 있다. 사랑을 오래 지속하는 연인들의 모습에서 사랑을 배울 수 있다.

모든 창조물은 서로 다른 것들과 연계되어 있다. 모든 존재는 서로 다른 존재를 통해 유지된다.

힐데가르트 성녀, 『세계와 인간』

성장이란 기본적으로 자신의 지평을 확대하고
확장하는 것을 의미한다.

켄 윌버,『무경계』

우리는 서로 연결되어 있고, 한 사람의 불행은
전파력이 강하다. 사랑하는 사람을 만나지 못해
외로운 그의 아픔은 바로 사회의 문제이기도 하
다. 제대로 된 사랑 속에서 양육하지 않은, 서로
사랑하는 모습을 보여주지 않은 우리 사회의 문
제이기도 하다.

연인을 만나려면 먼저 생각할 것은, 내게 주어
진 하루를 어떻게 재미있고 의미 있고 인간적으
로 보낼 것인가를 생각해 보는 것이다. 삶을 재
밌고 의미 있고 인간적으로 보내는 방법을 고민
하는 사람은 사랑과 만나게 된다. 재밌고 의미
있고 인간적으로 보내는 나날은 사랑을 동반하
지 않을 수 없다. 모든 결핍과 상처로부터의 치
유는 나로부터 시작된다. 세계와 연결된, 세상
과 접속하는, 고립되지 않은 나로부터 세상은
비롯된다.

사랑의 기제, 대화의 기술

✳

"저는 시각장애인입니다. 기부 부탁드립니다."
를 "이 아름다운 봄날을 볼 수가 없네요, 저는
시각장애인입니다"라고 기부를 부탁하는 문구
를 고쳐 주었다는 사람. 그는 대화하는 법을 알
고 있었다. 대화는 나의 요구를 강조하는 것이
주목적이 아니다. 서로를 알아가는 것, 서로를
배려하는 것, 그의 필요도 나의 필요도 중요하
고 다 같이 충족시키기 위해 타협하고 양보하는
것, 그리하여 그와 나 사이에 상호작용이 일어
나는 과정이 대화라고 할 수 있다.
예를 든 앞의 문구는 원치 않는 정보를 뜬금없

이 제시하고, 부탁 사항을 덧붙인 것이다. 상대방에 대한 예의가 없었다고 할까. 뒤의 수정문구는 자신의 상황을 시적인 언어로 설명한다. 사람의 정조에 다가간다. 아름다운 봄날을 볼 수가 없다는 상대방의 말에 울컥하지 않을 수가 없다. 기부를 부탁한다고 하지 않는다. 그저 '시각장애인입니다'라고만 덧붙인다.

'비폭력 대화'라는 대화의 기술은 1968년 미국의 임상심리학자 마셜 로젠버그가 인종 통합을 위해 개발했다. 교육학, 경영학, 정치학, 외교학 등 다양한 분야에서 사용되고 있는 대화 방법이다. 구성을 보면 먼저, 객관적으로 관찰하고 평가나 판단 없이 객관적 사실만을 얘기한다. 그다음, 관찰한 상황에 대해 자신의 감정을 표현한다. 다음 단계는 자신의 감정이 발생한 근본적인 필요나 욕구를 인지하고, 표현한다. 마지막으로 상대방에게 구체적이고 명확하게 요청 사항을 얘기한다. 비폭력 대화는 타인에 대한 존중을 대화의 기저에 전제하고 있다. 다양한 가치관에 열린 사고를 한다. 아무리 말이 안 되는 가치기준을 상대방이 얘기한다고 해도 어떤 맥락과 상황이 있을 거라고 헤아린다. 막말을 하지 않는다. 그것이 상호교감으로 가는 길을 막는다는 것을 알고 있다. 대화의 흐름에 깨어 있다. 그 흐름 안에 많은 정보가 담겨 있다는 것을 기억한다. 공감의 시간이 필요하다는 것을 이해한다.

결혼기념일을 잊은 남편과 아내의 대화를 예로 들어 보자. 기념일 당일 저녁 식사 시간, 아내는 남편의 안색을 살펴본다. 전혀 기억을 못 하는 듯하다. 그리고 좀 안색이 안 좋아 보인다.

"안색이 안 좋아 보여.(관찰) 어디 아픈 거야? 걱정되네.(감정 표현) 오늘이 우리 결혼기념일인데, 난 당신과 앞으로도 계속 결혼기념일을 맞고 싶은데.(욕구) 기쁜 우리 날이니까 축하하자.(부탁)"

남편은 어리둥절했다가, 기념일을 잊었는데도 화내지 않은 아내의 모습에 진심으로 미안해진다.

"오늘이 우리 기념일이었네. 요즘 많이 피곤해서 잊었어. 미안해. 화내지 않아서 고마워……."

하마터면 싸움이 일어날 뻔한 상황이었으나, 비

폭력 대화의 기술로 인해 평화를 되찾은 기념일이 되었다. 기념일을 잊은 남편에게 화를 내고 소리 지르지 않고, 먼저 상황을 관찰하고, 나 대화법으로 감정을 표현하고 자신의 욕구를 부탁하는, 대화의 흐름이 평화로운 저녁 시간을 가져왔다. 그러면 폭력적인 대화는 어떤 유형의 대화일까. 자신의 가치관과 부합하지 않는 타인의 행동은 나쁜 것이라고 판단한다. 다음으로 비교하기. 차이를 알기 위함이 아니라, 차별을 가져오는 비교하기. 그다음으로 책임 전가하기. 정당한 근거 없이 책임의 소재를 자신 아닌 타인에게 떠넘기기이다. 그리고 자신의 의견을 강요하기이다.

뇌의 건강에는 긍정적 언어, 공감, 사랑이 필수적이다. 어떤 생명도 존중 받지 않아야 할 이유는 없다. 가르치려 든다거나, 내 의견이 옳아서 강요하려 할 때 대화는 맥이 끊긴다. 진지하게 경청해 주는 사람과 우리는 얘기하고 싶어진다. 더구나 사랑하는 사람과 대화할 때, 그가 경청하고 있다는 사실 하나만으로 치유 받는다. 삐딱한 시선, 전혀 집중하지 않는 태도를 볼 때 나는 내 맘속의 말을 할 수 없게 된다. 침묵하게 된다. "나는 당신의 말을 반대한다, 그러나 당신이 그런 말을 할 자유를 수호하기 위해 목숨을 바칠 것이다"라고(계몽주의 시대를 대표하는 프랑스의 작가, 사상가인) 볼테르는 말했다. 그런 자세로 내 말을 들어주는 사람을 어떻게 사랑하지 않을 수 있을까.

매력이란 무엇일까

'내가 천사의 말을 한다 해도 내 맘에 사랑 없으면 내가 참지식과 믿음 있어도 아무 소용 없으니, 산을 옮길 믿음이 있어도 나 있는 모든 것 줄지라도 나 자신 다 주어도 아무 소용없네'라는 경전의 말이 있다. 매력 있는 사람은 마음에 인간적인 사랑을 품고 있다. 빛이 갈라진 틈으로만 새어들 듯, 사랑이라는 틈을 품고 있는 사람에게 빛이 보인다. 돈과 권력 등 사랑 이외의 비전을 가진 사람에게는 인간적인 내음이 사라져 버린다. 생명을 사랑을 삶의 방향이 아니라, 수단으로 전락시킨 많은 사람은 진정으로 환하게 웃지 않는다.

부자가 왜 천국에 못 갈까. 돈이 많게 되면 관심사가 좋은 옷, 좋은 음식, 좋은 집, 좋은 여행지 등 돈으로 살 쾌락에 몰두하게 된다. 사람 사이의 따뜻한 서로를 걱정하고 보듬는 정, 무언가를 힘들여 공부해서 깨닫게 되고 창조하는 기쁨 등을 잊어 버리게 된다. 육신은 기름져지고 영혼은 돈으로 사는 쾌락에 중독되어 버린다. 더이상 도전하고 연대하고 땀 흘리려 하지 않게 된다. 천국은 저 멀리 시야에서 사라지게 된다. 경전은 진정한 행복을 알려 준다. 도전하고 연대하고 땀 흘려 얻는 행복이 진짜라고. 범죄를 불가능하게 하는 유일한 행위, 즉 사랑을 요구하시는 신의 도움으로 자유로이 사는 법을 배웠다(낸시 메어즈).

자유로이 살고 싶은가. 범죄를 불가능하게 하는 유일한 행위, 사랑을 배우라. 사랑하면 분비되는 호르몬 옥시토신은 스트레스를 이기는 약 같은 호르몬이다. 경청하고, 격려하고, 스킨십을 나누고, 때때로 명상하고, 다치지 않게 운동하고, 눈물 흘리고, 봉사할 때 옥시토신이 분비되어 나를 건강하게 해 준다. 너희가 서로 사랑하면 이로써 모든 사람이 너희가 내 제자인 줄 알리라(경전). 종교를 가진 사람은 다른 종교를 가진 사람을 핍박할 수 없다. 사랑은 포용하는 것이다. 나와 다른 생각을 가진 그를 끌어안는 것이다. 그러면 진정한 종교 율법을 실천하는 것이다. 마크 트웨인은 개와 고양이를 한 울에 넣어 잘 지내나 실험해 보았다고 한다. 잘 지내자 이번에는 새와 돼지와 염소를 넣어 보았다. 약간의 적응기를 거치자 이들 역시 잘 지냈다. 이번에는 침례 교인과 장로 교인과 천주교인을 넣어 보았다. 울 안에는 살아남은 자가 아무도 없었다. ……내가 가장 덜 사랑하는 사람에게 주는 사랑, 나는 그만큼만 하느님을 사랑하는 것이다(도로시 데이). 사랑의 극한의 모습을 위 문장에서 배운다. 가장 미워하는 사람이 내가 가장 덜 사랑하는 사람일진대, 바로 그만큼만 하느님을 사랑하는 것이라니…… 자신을 신자라고 믿고 있던 사람에게 큰 충격으로 다가오는 얘기다. 하지만 경전엔 쓰여 있다, 분명히. 원수를 사랑하라. 이 얘기는 구조적 사회 기반을 거론하지 않을 수 없는 문제이다. 대부분의 사랑받지 못하고, 강요당하고, 의식주마저 제대로 챙김 받지 못하고 자란 사람에게서 세상을 따뜻하게 하는 빛이 안 나온다고 비난할 수 있을까. 악마라고 단정 지을 수 있을까. 한 아이를 키우는 데 마을이 필요할진대, 한 악마가 된 인간을 자라나게 한 데에도 마을 전체의 책임이 있다.

어떤 이는 하늘나라가 저 먼 곳에 떨어져 있다고 생각한다. 그곳에 가는 것이 최대의 목표이기 때문에, 세상사는 자신과 관계가 없다고 생각한다. 그러나 세상에는 사랑이라는 보물이 숨겨져 있다. 내가 감옥에 있을 때 찾아온 이, 굶주렸을 때 밥을 준 이, 외로울 때 눈물을 닦아준 이, 그들의 사랑이 하늘나라와 같다. 사랑을 간직하는 것이 보물이고, 그래서 세상은 나와 상관없는 곳이 아니라 전 재산을 팔아서라도 사고 싶은 귀한 곳이 된다. 매력이란 사랑의 행동이 내 마음에 잔잔한 파문을 일으키는 과정이 아닐까. 사랑을 배우려고 사는 것이라고 한다. 사랑을 배우면 나의 삶이 행복해진다. 행복한 사람은 매력적으로 살게 된다. 매력적이어서 행복한 것이 아니라, 행복하게 살면 매력적으로 다가간다, 누군가에게⋯⋯.

맺음말

말할 수 없는 것을 말하고 싶었다.
문자가 아닌 것을 문자로 표현하고 싶었다.
사람들의 울음을 조금이나마 그치게 하고 싶었다.
감히 사랑에 대해 낱낱이 알고 싶었다.
이제 무엇이 사랑이 아님은 알게 되었다.
사랑을 생각하며 지낸 시간이 행복했다.

소박한 자유, 사랑

초판 1쇄 2025년 3월 25일 발행

지은이   감사와은혜
그린이   감사와은혜
펴낸이   정윤아
디자인   김태욱
펴낸곳   SISO

출판등록 2015년 01월 08일
전자메일 siso@sisobooks.com
인스타그램 @sisobooks
카카오톡채널 출판사SISO

© 감사와은혜, 2025
정가 15,000원

ISBN 979-11-92377-37-7 03800